変な竜と元勇者パーティー雑用係、
新大陸でのんびりスローライフ
6
えぞぎんぎつね
ill. 三登いつき

いいにおい～
おいしそ～

砂糖作りを始めるイジェと
甘い匂いが気になるヒッポリアスたち。

よし、完成だ！
めえ〜！
ヤギたちの牧草を貯蔵するため
サイロを建築するテオ。

すごいすごいっ
たかいね～！

朝風呂に浸かるテオとヴィクトル。
ケリーから差し出されたお酒を楽しむ。

CONTENTS

Hennaryu to moto yuusha party zatsuyougakari
shintairiku de nonbiri slowlife

変な竜と元勇者パーティー雑用係、
新大陸でのんびり
スローライフ6
えぞぎんぎつね
ill. 三登いつき

1 初秋の朝

Hennaryu to moto yuusha party zatsuyougakari shintairiku de nonbiri slowlife

ヤギとカヤネズミ、フクロウたちが仲間になってくれた次の日。

俺《おれ》はいつものようにヒッポリアスの家で目を覚ました。

まだ夜明けからそれほど時間が経《た》っていない。

「……少し寒いな」

秋が近づいてきている。いや、近づいてきているのは冬だ。

冬への準備を急いだ方がいいかもしれない。

「…………ぷしゅー」

そして、俺のお腹《なか》の上にはロロが乗っていた。

「ロロだけなのか。珍しいな」

ロロは昨日体調を崩した。

もう治ったとはいえ、体調を崩したときは甘えたくなるものだ。

そう考えて、俺は寝ているロロを撫《な》でた。

耳が動いて、尻尾《しっぽ》が揺れる。

ロロは狸《たぬき》寝入りをしているのかもしれない。

俺はロロを撫でながら、部屋の中を見回した。

いつもの場所にフィオ、シロ、クロ、ルル、イジェが固まるようにして眠っている。

その中から、ロロだけ俺のお腹の上にやってきたらしい。

「……冬になったら、板の上で寝るのは寒いかな」

寝ているフィオたちを見て、そう思う。

ベッドを作ろうと思っていたが、後回しになっていた。

冬が来る前には、ベッドを作らねばなるまい。

ベッドを作ってその上に藁《わら》を敷けばいいだろう。

藁は、昨日収穫した燕麦《えんばく》の茎を利用すればいい。

旧大陸でもベッドの上に藁を敷いて、その上にシーツを敷いて眠っていた。

貴族でもあるまいし、羽毛やら綿などを敷いたりしないものだ。


「……きゅぅおおお」

俺の隣で眠っていた小さくなったヒッポリアスが寝言を言う。

ヒッポリアスは、いつものように、仰向《あおむ》けになって、へそを天井《てんじょう》に向けて眠っている。

そのお腹の上に、ピイが乗っていた。

「ぴぃ」

ピイは起きているようだ。

きっとヒッポリアスのお腹が冷えないように、上に乗ってくれていたのだろう。

「ピイ、ありがとうな」

「ぴっ」

ピイは気にするなと言いながら、プルプルした。

俺はロロを撫でながら、二度寝をするために目をつむる。

お腹の上のロロの体温が温かった。


しばらく、うとうとしていると、温かさが増した。

目を開けるとルルが胸の上に乗っていた。

「ルルも来たのか」

『きた』

「そうか、そして、クロは……」

『くろも！』

クロは俺の顔の上に乗ろうとしている。

「顔の上に乗るのはやめなさい。息がしにくくなるからね」

『わかった！』

俺はクロをロロとルルの間あたりのお腹に乗せた。

クロもルルも満足したのか、大人しくなる。

ロロは相変わらず眠ったままだ。

「みんないい子だね」

俺は子魔狼《こまろう》たちを撫でた。

子魔狼たちは温かい。冬はみんなで固まって眠ればいいかもしれない。

ピイもヒッポリアスも温かいのだ。

そんなことを考えていると、

「きゅお」

起きたらしいヒッポリアスが、俺の肩に顎を乗せる。

それに合わせて、ピイも俺の胸の上に移動した。

「起きた？」

『おきた！　なでて！』

どうやら、ヒッポリアスは起きて子魔狼たちが撫でられているのを見て、撫でてほしくなったらしい。

俺は右手でヒッポリアス、左手で子魔狼たちとピイを撫でる。

ヒッポリアスは毛がないが温かい。ぷにぷにしていて、触り心地がいい。

ピイはプルプルしていて温かい。不思議な感触だ。

子魔狼たちは、もふもふで温かい。いつもブラッシングされているからふわふわだ。

撫でていると、

『あそぼあそぼ』「わぅ」『だっこ』

子魔狼たちは完全に起きたらしい。

クロは俺の顔を舐《な》めてくる。

昨日体調を崩したロロは、俺の服の中に潜ろうと襟元《えりもと》と格闘していた。

ルルは俺の手をペロペロ舐める。

そんな子魔狼たちに触発されたのか、ヒッポリアスは俺のおでこに顎を乗せた。

「きゅお～」

「まあ、みんな、落ち着け」

そう言っても、子供たちは落ち着いたりはしない。

ロロとルルまで、クロとヒッポリアスの真似《まね》をして顔を攻め始めた。

顔が弱点だとわかっているらしい。

ベロベロ舐めて、顔をよだれでべちゃべちゃにしようとしてくる。

そんな俺たちを、ピイは楽しそうにプルプルしながら黙って見ていた。


そのとき、扉が開いて、ジゼラが入ってきた。

「あ、テオさん、いいなー」

「……いいだろう」

ジゼラがうらやむのもわかる。

大変だが、ヒッポリアスと子魔狼たちにじゃれつかれるのはとてもいい。

「ぼくもぼくも！」

そう言って、ジゼラは俺の近くに横になる。

「さあ！」

「きゅお～？」

「「あう？」」

ジゼラの奇行に、ヒッポリアスと子魔狼たちは困惑して首をかしげた。

「ジゼラはみんなと遊びたいんだって」

『そっかー』

『あそぼあそぼ！』「ぁぅ」『だっこ』

遊びたいと言われたら、ヒッポリアスも子魔狼たちも嫌ではない。

俺の顔を集中攻撃していた子供たちの狙《ねら》いが、ジゼラに移る。

「きゅおきゅおー！」

ヒッポリアスはジゼラの胸の上に登って、顔を舐め始めた。

「きゅーんきゅーん」「ゎぅ」「わふ」

子魔狼たちはもっと激しい。

クロはジゼラの顎あたりに乗っているし、ロロはジゼラのおでこの上に前足を乗せて鼻付近を舐めているし、ルルはジゼラの黒い髪を咥《くわ》えている。

「それそれ～」

ジゼラは楽しそうにヒッポリアスと子魔狼たちを手でひっくり返したりし始めた。

「さて、俺は顔でも洗うか」

「ぴい」

そして俺はピイと一緒に顔を洗うことにしたのだった。

2 砂糖とお酒

Hennaryu to moto yuusha party zatsuyougakari shintairiku de nonbiri slowlife

俺《おれ》が顔を洗い終わる頃には、フィオやイジェ、シロも起きてきた。

みんなで準備をして、朝ご飯を作るために食堂へと向かう。

みんなでイジェの調理を手伝っていると、

「きゅお～～？」

「あうあう」「……」「わふ」

ヒッポリアスと子魔狼《こまろう》たちが騒ぎ始めた。

なにやら、甜菜《てんさい》の入った壺《つぼ》が気になるらしい。

「……」

シロは子魔狼たちの後ろで、行儀よくお座りしている。

だが、尻尾《しっぽ》は大きくバッサバッサと揺れていた。

「みんな、どうした？　甜菜が気になるのか？」

『さとう、たべる？』

ヒッポリアスがそう言うと、

「…………」

「「「…………」」」

シロと子魔狼たちが期待のこもった目で、俺を見る。

「そういえば、ヒッポリアスとシロと子魔狼たちは味を知っているんだったな」

イジェの村で見つけた砂糖をみんなで少し味見した。

ヒッポリアスもシロも子魔狼たちも砂糖の味が気に入った様子だった。

「ヒッポリアスはともかく、シロたちも甘い物が大好きなのか？　狼《おおかみ》なのにな」

竜は甘い物が好きな種が多いイメージがある。

昔、飛竜《ひりゅう》も甘い物を喜んで食べていた。

『すき』

「わふぅ」

『たべる！　たべる！』「……ぁぅ」『いっぱいたべる』

狼に甘い物好きのイメージはあまりない。

むしろ砂糖を食べさせたら体に悪いと言われている。

だが、シロたちは魔獣、それも伝説の白銀狼王種《フェンリル》だ。

一般の狼とは違うのだろう。

「とはいえ、あまり食べさせすぎない方がいいよな」

「くーぅん」

「ぴぃー」『きゅ』『ひぃん』

シロも子魔狼たちもがっかりしている。

そこまで気に入っていたとは思わなかった。

ケリーと相談して、食べ過《す》ぎにならない量をあげるぐらいなら、いいだろう。

「でもな、ヒッポリアス、シロ。クロ、ロロ、ルル。まだ砂糖は食べられないんだ」

『なんで？』

ヒッポリアスは首をかしげて尋ねてくる。

「きゅーん」

「「「ひーん」」」

シロや子魔狼たちは、哀れっぽい甘えた鳴き声を上げる。

そうされると、わがままでも聞いてしまいそうになるのでやめてほしい。

「まだ砂糖作りの作業をしていないからな」

昨日は燕麦《えんばく》の収穫を優先したので、砂糖作りの作業には入っていないのだ。

『いいにおいしてるよ！』

「わぅ」

『たべれる！』「ぁぅ」『なめる！』

どうやら、鼻がよいヒッポリアスやシロたちは壺から漂う甘い匂《にお》いに惹《ひ》かれているらしい。

「いい匂いか。感じないが……」

俺の鼻では、無臭としか感じない。

「ソダネ。アマいニオイがしてきたね」

「イジェは、匂いを感じる？」

「カンジル」

やはり、イジェは鼻がよいらしい。

「キョウジュウに、サトウはツクらないとイケナイかも」

「そっか、手伝うよ」

『てつだう！』

「わふわふ」

『クロもてつだう！』「ぁぅ」「てつだう」

ヒッポリアスたちは、やる気にあふれている。

だが、きっと砂糖作りの戦力にはならないだろう。

「ほておいたら、どうなるの？」

朝食準備を手伝ってくれていたフィオが言う。

「放っておいたらか。腐るんじゃないか？」

「もたいない！」

「そうだな、もったいないな」

そんなことを話していると、

「ミッカぐらいで、クサクなるよ。ソシテ、もっとホオッておいたら、オサケになっちゃう」

「酒？」

朝食作りを手伝ってくれていた冒険者の目が輝いた。

「放っておいてもいいんじゃないか？」

そんなことを言い出した。

冒険者たちにはお酒が好きな者が多いのだ。

「ダメ！」

イジェの思いのほか強い口調に、お酒好きな冒険者たちは少しびっくりしたようだった。

「イジェ、だめなのかい？」

冒険者がおずおずといった感じで尋ねる。

「ダメ。オサケなら、ベツのホウホウがある」

「別の方法ってなんだ？」

俺が尋ねると、イジェは少し考える。

「テオさんには、サトウのツクリカタ、カンタンにだけどセツメイしたよね？」

「ああ、そうだな。たしか――」

俺はその場にいる冒険者たちに伝えるためにも、簡単に説明する。

「甜菜を一日水に浸《つ》けて……この過程はもう完了したな」

「ウン。ジュウブン」

「水に浸けた甜菜の皮を剝《む》いて、細かく切ってから、沸騰させないよう気をつけながら鍋で一時間ほど煮るんだったか」

「ソウソウ」

「それが終わったら、甜菜を取り出して、灰汁《あく》を取って、煮汁を更に煮詰めて、冷やして完成」

「ソウソウ。ダイタイ、ソンナかんじ」

説明を聞いていた冒険者が首をかしげる。

「えっと、お酒の造り方は？」

お酒大好きな冒険者たちは砂糖の作り方ではなく、お酒の造り方を知りたいのだ。

「ウン。トチュウでトリダシタテンサイがあるでしょ？」

「ああ、一時間煮た後に取り出すやつだな」

「ウン。ソレをキレイなミズのナカにいれるの」

「ほうほう」

「ソレをホウチしたら、オサケにナル」

「それはすごい」

お酒好きの冒険者たちの目が輝いた。

「ミズにつけたテンサイをホウチしてもオサケにナルこともアルのだけど。クサッチャウこともオオイの」

「ほうほう？」

イジェがするお酒の講義に、冒険者たちは真剣に耳を傾けている。

「デモ、イチドニレば、クサラセル、チイサなムシがシンデ、オサケをツクるムシだけイキノコルから、イインだって」

「……俺は熱を入れたら、お酒を造る妖精《ようせい》も死ぬって聞いたけど」

冒険者の一人が首をかしげている。

俺もそれは聞いたことがある。

旧大陸では妖精が酒を造ると言われているが、妖精が本当にいるのかは定かではない。

ただ、酒にする前に、加熱すると上手《うま》く酒にならないらしい。

イジェの言う虫は、旧大陸の妖精のような存在なのだろう。

「ンー。ワカンナイ」

「そっか、わかんないか」

「ウン。デモ、オサケはマイトシ、デキテたよ?」

「それならいいんだ！」

お酒ができるならば、詳細な仕組みなどは気にしない。

それが冒険者なのだ。

きっと、旧大陸のお酒の妖精より、新大陸のお酒の虫の方が熱に強いに違いない。

3 砂糖作り

朝食をみんなで食べていると、当然のようにお酒の話になる。

もっとも反応したのはヴィクトルだった。

「なんと！　お酒を造れると？」

「砂糖を作る途中で出る甜菜《てんさい》を再利用するらしい」

「ほう！　それはいいですね！」

ヴィクトルは酒豪で有名なドワーフだ。

例に漏《も》れず、ヴィクトルもお酒が大好きなのだ。

「ほう？　熱を？　それは興味深い。イジェ、詳しく聞かせてくれ」

ケリーは煮た甜菜を使うことに関心を示していた。

「砂糖？　いいね！　手伝うよ！」

ジゼラは、お酒にはあまり興味がないらしい。

ちなみに、朝食の準備中、ジゼラはケリーと一緒に、飛竜《ひりゅう》やボアボア、陸ザメたち、ヤギやカヤネズミとフクロウの様子を見に行ってくれていたのだ。

サボっていたわけではない。

「ジゼラはカヤネズミたちに頼まれていたことがあるだろう？」

ケリーが呆《あき》れたように言う。

「そうだった！　ごめん、手伝えない」

「ダイジョウブ。テはタリテいるから」

「うん、終わったら手伝いに行くかも」

「オネガイ。デモ、ムリはシナクテいいよ」

ジゼラはイジェの頭を優しく撫《な》でている。


そんなジゼラに俺《おれ》は尋ねた。

「ところで、ジゼラ、カヤネズミたちから何を頼まれたんだ？」

テイムスキルのないジゼラがなぜ頼み事を聞けるのかという疑問は置いておく。

ジゼラは神に選ばれし勇者だから、そういうこともあるのだろう。

ただ、俺はカヤネズミが何に困っているのか知りたかったのだ。

「えっとね。周辺の調査を一緒にして欲しいって」

「ふむ？　危険な魔物がいるかどうかとか？」

この村の周囲には危険な魔物はいないはずだ。

「そうだよ。ぼくたちには危険じゃなくても、カヤネズミには危険な生き物もいるし」

「そうか。カヤネズミたちは小さいものな」

「あと、カヤネズミたちだけじゃなく、ヤギたちも、周辺の調査をしたいみたい」

「ヤギも慎重なんだな」

手のひらに乗れるカヤネズミと違って、ヤギは馬ぐらい大きいのだ。

しかもヤギたちは魔獣。

魔獣ではない狼《おおかみ》には勝てるぐらい強いのだ。

「そだねー。でも、ぼくはヤギの気持ちがわかるよ」

「そっか。俺も手伝おうか?」

「大丈夫!　こっちは任せて!」

ジゼラは堂々と胸を張った。


朝食後、ジゼラはカヤネズミたちのいるボアボアの家へと出かけていった。

ジゼラに同行するのは、ケリーとヴィクトルだ。

ついでに改めて色々と調査しようと言うことなのだろう。

ジゼラを見送ると、

「ボクタチもサトウづくりをハジメよー」

イジェが指揮を執っての砂糖作りが始った。

イジェがキッチンに移動すると、冒険者たちもついてきた。

冒険者たちは、砂糖作りよりもお酒造りに興味があるようだった。

「イチニチしっかりツケタ、テンサイがこれ」

イジェがキッチンに置いておいた甜菜の入った壺《つぼ》の蓋を取ると、甘い匂《にお》いが漂った。

「おお、いい匂いだな」

蓋を開ける前から、この匂いをヒッポリアスやシロ、子魔狼《こまろう》たちは嗅ぎ取っていたのだろう。

「きゅぅお～～」

「ふんふんふふふん」

「「「へっへっへっへ」」」

ヒッポリアスとシロ、子魔狼たちは、よだれを垂らしていた。

空腹時なら、今以上に、ヒッポリアスたちのよだれが大変なことになっていただろう。

「朝ご飯を食べた後でよかったな」

「まずカワをムク」

「了解だ！　俺は皮剝《む》きは得意なんだ」

「カワはうすくムイテね」

「任せろ！」

そう言ったのは、ごつい戦士の冒険者だ。

太ももぐらい太い腕を巧みに動かして、綺麗《きれい》に薄く皮を剝いていく。

得意と自分で言うだけあって、非常に上手《うま》い。

「見かけによらず、皮剝きが得意だったんだな」

俺がそう言うと、戦士は照れながら言う。

「いやー。駆け出しの頃、へまをして装備を壊してな」

「あーなるほど」

それを聞いただけで、何があったのか大体わかる。

失敗して装備を壊してしまう駆け出し冒険者は多い。

そんな冒険者は廃業するか、別の仕事で金を稼ぐしかない。

その別の仕事で皮を剝いたということだ。

「王都にある人魚の賑《にぎ》わい亭ってのがあるんだが……」

「知ってる。やすくて旨《うま》い店だな」

金のない冒険者でも利用できる大衆店だ。

「そこで半年ぐらい働いた。毎日何百という芋やら人参やら蕪《かぶ》やらの皮をひたすら剝いたんだ」

そんなことを語りながら、冒険者はあっという間に甜菜の皮を剝き終わる。

「イジェ！　終わったぞ」

「アリガト！」

その頃にはイジェも皮を剝き終わっている。

イジェの足元にはヒッポリアス、シロ、子魔狼たちがお座りしていた。

手伝うことがないか待機しているのだ。

その後ろに待機していたフィオが言う。

「きるの？　ふぃお、きれるよ！」

「じゃあ、フィオ、テツダッテ」

「うん！」

まずイジェが包丁を手に取った。

「フィオ、ミテテ」

「うん！」

「コンナカンジで……」

「ふむふむ！」

「オオキサは、コノぐらい」

「わかた！」

「ジャア、オネガイ」

「まかせて！」

フィオが一生懸命甜菜を切り始める。

その後ろをヒッポリアス、シロと子魔狼たちがぐるぐるしていた。

きっと、子供たちも手伝いたいのだろう。

4 手伝いたい子供たち

Hennaryu to moto yuusha party zatsuyougakari shintairiku de nonbiri slowlife

「お湯を沸《わ》かす？」

そう言ったのは、アーリャだ。

アーリャは魔王の娘であり、とても優秀な魔導師なのだ。

「うん、オネガイ。でも……」

「沸騰させないのね」

「ソウ！　ナベはコレをつかって……」

「わかった」

アーリャが何かを呟《つぶや》いて右手を少し動かすと、イジェの指さした鍋がふわりと浮かぶ。

「ウワァ」

「すごい！」

イジェは感嘆の声を上げ、フィオも包丁の手を止めて、目をキラキラ輝かせている。

「「「おおぉ～」」」

冒険者たちも驚いて声を上げた。

アーリャは少し照れた様子で、かまどの上に鍋を置く。

「水はどのくらい入れたらいい？」

「あ、ウン！　ミズはハンブングらいまでイレテ」

「うん、わかった」

宙から水が出現し、鍋の半分まで一瞬で水が溜《た》まる。

「すごいな、さすがはアーリャだな」

「あ、ありがと。テオさんに褒《ほ》められたらお世辞でも嬉《うれ》しい」

「お世辞ではないぞ」

そんなことを話していると、ヒッポリアスが走り出す。

「きゅぅお～」

向かったのは薪置《まき》き場だ。

薪を運ぶお手伝いをしたいらしい。

「わふ」

ヒッポリアスの動きを見てシロも走る。

その後ろを子魔狼《こまろう》たちも追いかけた。

そして、ヒッポリアスとシロは薪を咥《くわ》え、子魔狼たちは枝を咥えて戻ってくる。

だが、そんなヒッポリアスやシロ、子魔狼たちの動きにアーリャとイジェは気付かない。

「……このぐらいかな？」

アーリャは火炎魔法を使って、水を温め始める。

その魔法の威力は非常に高く、あっという間に水がお湯に変わっていく。

お湯に変わった後は、アーリャはすぐに火力を落とし、繊細な火炎魔法でじわじわと温度を上げていく。

「スゴイ！」

「さすがのコントロールだな！」

イジェと冒険者たちはアーリャの魔法に夢中だ。

「もう少し温度上げた方がいい？」

「ウーン。コノグライがイイかな」

「わかった。この温度を維持すればいいのね」

なんでもないことのようにアーリャは言う。

「アーリャ、さすがに難しくないか？　一時間だぞ？」

そう心配そうに言ったのは冒険者の魔導師の男だ。

「この火力なら、何時間でもいける」

「………………」

魔導師の男は絶句している。

俺《おれ》は魔導師ではないが、絶句する気持ちはわかる。

最大火力で焼き尽くすのは難しいが、弱い火力をずっと維持するのはもっと難しい。

少しでも気を緩めたら、火力が高くなりすぎる。

弱くしようとし続ける方に意識が向かいすぎたら、今度は逆に火が消える。

「高威力魔法も見事なものだったが、アーリャはそれ以上にコントロールが得意なんだな」

「見事なもんだなぁ」

冒険者に褒められて、アーリャは照れたように頭を掻《か》いた。

だが、火力に一切《いっさい》の揺らぎは出ない。

呼吸をするかのように自然に火力を一定に維持している。

みんながアーリャを称《たた》える中、

「……きゅお」

「……わふ」

「「「…………」」」

ヒッポリアスとシロが咥えていた薪を床に落とした。

子魔狼たちは枝を咥えたまましょんぼり固まっている。

「あっ」

薪が床に落ちた音で、アーリャはやっと気付いた。

「ご、ごめん」

アーリャは気まずそうに謝った。

「……えっと、えらいぞ」

冒険者たちも、ヒッポリアスたちが薪を持ってきてくれたことに気付いて、気まずそうに褒める。

「きゅお〜」

「わふ」

だが、ヒッポリアスたちはしょんぼりしている。

「ヒッポリアスも、シロも、子魔狼たちも偉いぞ」

「えらい！」

俺とフィオで、ヒッポリアスとシロと子魔狼たちを撫《な》でまくった。

だが、まだしょんぼりしたままだ。

「よし！　ヒッポリアス、シロ、クロ、ロロ、ルル、それを持ったまま付いてきてくれ」

「きゅお？」

「わふ？」

「俺も砂糖作りで手伝えそうなことがないし、暖炉《だんろ》作りでもしようと思ってさ」

「ああ、それはいい！」

「これから冬がくるものな！」

冒険者たちがうんうんと頷《うなず》いている。

「ヒッポリアス、シロ、クロ、ロロ、ルル。その暖炉にくべる薪が必要だから、そのまま持ってきてくれ」

「きゅお！」

「わふ！」

『わかった！』『ぁぅ』『もっていく』

手伝えると思って、ヒッポリアスたちは元気になった。

勢いよく揺れる尻尾《しっぽ》が可愛らしい。

「イジェ、暖炉作りに行ってくる」

「ワカッタ！　コッチはマカセテ」

「うん、近くにはいるから、用があったら呼んでくれ」

「ウン！」

一応冒険者のみんなにも声を掛ける。

「みんなの宿舎にも暖炉を作っていこうと思うが問題ないよな？」

「もちろんだ！」

「暖炉なしだと、冬きついからな！　助かる」

みんなの了解も取れたので、安心して暖炉を作れる。

俺はピイとヒッポリアスとシロ、子魔狼たちを連れて外に出る。

フィオもついてきてくれた。

「どこからつくるの？」

「そうだなー。ヒッポリアスの家から作ろうか」

「きゅお！」

薪を咥えたヒッポリアスは嬉しそうに尻尾を振った。

5 暖炉と赤い石

ヒッポリアスの家に向かう途中、フィオが尋ねてくる。

「テオさん！　だんろてどんなの？」

「えっとだな。家の中で火をおこすためのものなんだけど」

「かまど？」

「それとは少し違うな。かまどは熱が上にいくように作るんだけど、暖炉《だんろ》は熱が部屋に広がるように……」

「？」

フィオが首をかしげる。

その横ではシロと、子魔狼《こまろう》たちも首をかしげていた。

「ま、見たらわかるよ」

「たのしみ！」

「わふ！」

ヒッポリアスの家の中に入ると、どこに暖炉を作るのかから考える。

「うーん。部屋全体を暖めたいから……」

「きゅおー？」

ヒッポリアスも一緒に考えてくれているようだ。

「扉の正面に作ろうかな」

「きゅお！」

「火事を防ぐためにも、暖炉近くの床と壁は石に交換しようか」

『いし？　ひっぽりあす、いしとってくる？』

「ありがとう。足りなくなったらお願い。でも前にヒッポリアスが採ってきてくれた石で多分足りるよ」

「きゅう〜」

簡単に言ってしまえば、暖炉は室内で行なう焚き火だ。

延焼を防ぎ、煙を外に出す機構が何より大事になる。

俺《おれ》はかつて見たことのある暖炉を思い出す。

そうしながら、この部屋に最適な暖炉を考えていく。

「高さはフィオの身長ぐらいがいいかな。横と奥行きもそのぐらいでいいとして、煙突は……」

煙突にはそれなりの太さが求められる。

煙突の先は屋根の上に出すのが一般的だが、雪や雨が入ってこないようにしなくてはならない。

「……煙突が厄介だな」

『やっかい？』

ヒッポリアスが聞いてくれるので、説明する。

「そうなんだ。木を燃やすと出る煙を外に出すために煙突は作るんだ」

「つくる！」「わふ」

フィオとシロも真剣な表情で聞いている。

「簡単に言えば空気の通り道だ。逆に言えば冷たい空気の通り道にもなる」

「むふう」

薪《まき》が燃えている間は、大丈夫だ。

だが、火が消えると、途端に冷たい空気の通り道になる。

隙間風《すきまかぜ》など、比ではない。

「暖炉で薪を燃やしていないときに通り道を塞《ふさ》ぐ機構を作ることもできるんだが……」

「わすれたらこまる！」

「そうなんだ。通り道を開けるのを忘れて火をおこしたら、煙だらけになるし」

開け忘れがあるならば、当然、閉め忘れもある。

それに、寝ている間に火が消えたら、閉める人がいないので冷たい風が入り込み急激に冷えることになる。

「うーむ、なんとかならんものか」

「きゅおー」「わふぅ……」

「くねくねさせる？」

フィオが指の先を左右に動かしている。

「煙突を……なるほど。それはいい考えだ」

「わふぅ！」

嬉《うれ》しそうにフィオがぴょんと跳ねた。

煙突を長くして、何度も途中で曲げれば、冷たい空気は入りにくくなる。

それに何より煙は熱い。

その熱い煙が通る経路を長くすることで、室内をより効率的に暖めることができるだろう。

俺は見たことがないが、王都よりはるかに寒い街ではそういう暖炉を使っていると聞いたこともある。

「問題は材料がたくさんいることだな」

「いしたりない？」

『ひっぽりあす、とってくる？』

「……そうだな。うーん」

俺は迷った。

たしかに熱効率を考えれば、その方がいい。

だが、大がかりすぎる。部屋が狭くなるのも問題だ。

それに、ヒッポリアスの家のような大きな一部屋だけある構造ならばいいが、冒険者の宿舎はそうではない。

暖炉を設置する共用部分に個室がくっついている構造になっている。

煙突を横に伸ばしてくねくねさせたら、共用部分が狭くなりすぎる。

「うーむ」

「テオサン！」

悩んでいると、イジェが入ってきた。

「あ、何か手伝えることができたか？」

「ソウジャないの。コレつかう？」

「これは……」

イジェが持ってきたのは赤い石だ。

一辺が十分の一メトルの正四面体、つまり正三角形四枚が組み合わさった形の石だ。

上部の頂点に、何かを引っかけられそうな小さな輪が付いていた。

「持たせてくれ」

「ドウゾ」

持ってみると、意外と軽かった。

「普通の石よりは軽いかな」

それでも、極めて軽いというわけではない。

水程度の密度はありそうだ。

「鑑定スキルを使っていいか？」

「モチロン！」

許可を得て、鑑定スキルを行使する。

赤い石の情報が頭の中に入り込んでくる。

「おおっ」

見た目以上に情報量が多い。

ただの石ではない。構造が非常に複雑だった。

「ここをいじれば、開くのか」

「チョウシがワルイときは、ナカをあけて、チョウセツする」

「これは、魔道具だな。しかもかなり性能が高い」

「どんな、せいのう？」

フィオが興味津々な様子で赤い石をじっと見つめている。

「これは魔力を熱に変換する魔道具だよ」

「すごい！　おゆをだすやつとおなじ？」

「そうだな、魔道具という点では同じだ」

ヴィクトルが持ってきてくれたお湯を出す魔道具は、今も便利に使われている。

各戸にお湯を供給できているのは、その魔道具のおかげだ。

「イジェのムラでは、ダンロにコレをいれてた」

「ほう？　薪の代わりに？」

「ソウ。ミンナとハナシていて、イジェのおもうダンロとミンナのダンロがちがうとキヅイタから
モッテきた」

そういえば、イジェは木を伐採しすぎてはだめだと言っていた。

暖炉は薪を大量に消費する。

薪の代わりに燃料になる魔道具があるならば、使って欲しいと思うだろう。

「イジェ、これはどうやって使うんだ？」

「ただ、マリョクコメレばいい。イチニチにいちど、マリョクをこめれば、イチニチあたたかい」

「それはいいな。一日一回魔力を込めるだけでいいなら、負担は少ない」

「すごい！」

フィオも嬉しそうに尻尾《しっぽ》を振っている。

「それで、どのくらい暖かくなるんだ？」

「スゴク！」

どのくらい暖かくなるかを口で説明するのは難しい。

「試してもいいか？」

「モチロン！　でも、ソトでヤッタほうがいい。スゴクアツクなるから」

俺たちは外で実験してみることにした。

俺はヒッポリアスとシロ、子魔狼たちが心配になって、そっと見る。

ヒッポリアスたちは薪を拾ってお手伝いしたがっていたのだ。

「きゅおきゅお～」

「わふ」

ヒッポリアスとシロは赤い石が気になりすぎて、じっと見つめて尻尾を振っている。

加えていた薪や枝はそのあたりに放置してあった。

そして、その枝を、

『はなせ！　くろの！』「ぁう」『はなさない』

クロとルルは枝で綱引きして、ルルがその間を咥《くわ》えていた。

もう、お手伝いより楽しいことを見つけてくれたようだ。

子供たちはすぐに働こうとするので、なるべく遊んでいる方がいいのだ。

6 赤い石

遊ぶ子供たちを見て安心した俺《おれ》はイジェに尋ねる。

「イジェ、砂糖作りはいいのか？」

「ダイジョウブ。アーリャがガンバッテくれているから」

「そうか。アーリャがやっているなら安心だな」

「ウン」

そんなことを話しながら、中庭へと移動する。

中庭には暇そうな冒険者たちが三人ほどいた。

「実験だな！」『どんな魔道具なんだ？」

ヒッポリアスたちと冒険者たちに見守られながら、俺は地面にその赤い石を置いた。

「まだつめたい！」

その赤い石を触って、フィオは嬉《うれ》しそうに言う。

「まだ魔力を込めてないからな」

「ふぃおがこめる？」

「最初は俺が込めようかな」

フィオも魔力を込めることはできるだろうが、もし出力が高すぎた場合が危険だ。

最初は大人がやるべきだ。

『ひっぽりあすがこめる？　ひっぽりあすつよいよ！』「わふ！」

「ヒッポリアスとシロもありがとう。でも最初は俺がやるよ」

キラキラと目を輝かせるフィオの横で、ヒッポリアスとシロも尻尾《しっぽ》を振っている。

子魔狼《こまろう》たちは枝綱引きに飽きたようで、枝を放置して赤い石の匂《にお》いを嗅《か》いでいた。

「クロ、ロロ、ルルは触ったらダメ」

「わふ？」「……」『だめ？』

子魔狼たちは「熱くないけど？」と言いたげな目でこちらを見る。

「だめ」

子魔狼たちは、赤ちゃんに近い子供だが、魔力がある。

それも並の魔物よりも強いぐらいの魔力だ。

白銀狼王種《フェンリル》という種族自体が桁外《けたはず》れに強いので、赤ちゃんでもそれなりに強い魔力を持っている。

「クロもロロもルルも、魔力の使い方を知らないから、ダメ」

「「「きゅーん」」」

「甘えてもダメ」

魔力の扱い方がわからない赤ちゃんなのに、強い魔力を持っているということは、間違って魔力を込めてしまう可能性があるということ。

「フィオ、シロ。クロ、ロロ、ルルを少し離して」

「わかた！」『わう！」

『ひっぽりあすは？』

「ヒッポリアスは、もし赤い石が想定以上に発熱したときに、氷の魔法とかでなんとかしてくれ」

『わかった！』

ヒッポリアスの鼻息がふんすふんすと荒くなる。

「ナレているイジェがやる」

「だが……」

「キケンじゃないよ？」

持ち主がそう言うのなら、そうなのかもしれない。

「わかった、任せる」

「ウン。ミテテ」

みんなが見つめる中、イジェは赤い石に触れて魔力を込めた。

「ハイ、コレでおわり。カンタンでしょう？」

俺は鑑定スキルを使って、赤い石の温度を確かめる。

「ほとんど温度が上がってないように見えるが……」

「……なんもない？　しぱい？」

『しっぱいした？　きゅおー』

「……」

ロロとルルを抱っこしたフィオとヒッポリアスが不安そうに俺を見る。

クロを口に咥《くわ》えたシロは無言で俺を見ている。

「シッパイじゃないよ。これでセイコウ」

「だが、イジェ。あまり熱くなっているように見えないぞ？」

俺がそう言うと、冒険者たちが赤い石に触れる。

「うん。たしかに少し暖かくなっているけど……」

「これは懐炉《かいろ》じゃないか？」

「ああ、懐炉なら丁度いいな」

懐炉は旧大陸で使われる暖をとるための携帯暖房具だ。

もっとも一般的なのは適度に熱した石を布でくるんだものである。

「コレからアックなる！　ダイタイ、イチジカンぐらいタッタラ、スゴク、アックなるよ！」

「そうなのか。本領発揮まで時間が掛《か》かるんだな」

「ソウナノ。カワリにジゾクジカンがながい」

それを聞いて、腑《ふ》に落ちた。

「なるほど、だから料理のときに使わなかったのか」

「ウン。アサにイチジカン、はやくオキルのはたいへん」

「たしかにな」

「ねむい！」

フィオもうんうんと頷《うなず》いている。

「あー、朝は長く寝ていたいからな。一時間早起きするぐらいなら薪《まき》を使うよな」

「それにナツだから」

イジェの言葉にみんなが頷いた。

ただでさえキッチンは暑くなるのだ。

赤い石は一度魔力を込めたら、一日中熱を発し続ける。

昼や夜にはキッチンの温度が大変なことになるだろう。

「これからの季節は赤い石で料理してもいいかもしれないな」

「それもアリかも、マリョクはヨルにこめれば、アサおきてヒオコシしなくていいし」

そんなことを話しながら、赤い石に触れてみる。

じわじわと温度が上がっているようだが、まだ温《ぬる》い。

「……これをイレるバショのことを、ダンロだとオモッテタ」

そう言って、イジェは赤い石を見つめている。

この石を囲んで家族と団らんしていたことを思い起こしているのかもしれなかった。

イジェにとって、暖炉《だんろ》とは、この赤い石を置いておく場所なのだ。

だから、当然、俺たちが暖炉を作ると言ったとき、それを頭に浮かべていたのだろう。

そして、砂糖作りの途中、冒険者たちとの会話の中で、違和感に気付いたのだ。

自分がダンロだと思っていたものと、俺たちが暖炉だと思っているものが違うことに。

「言語神にとっては、どちらも暖炉か」

たしかにどちらも暖かい炉であることには変わりがない。

遠く離れた場所で生まれた俺たちの間で言葉が通じるのは、ともに同じ神の作った言語を使っているからだ。

「このイシがないと、キをたくさんキラナイといけなくなる」

「そうだよ。だから、旧大陸ではたくさん木を切っていたよ」

「小さな村ならともかく、大きな町だと大変だよ」

「タイヘンそう」

「ああ、大変なんだ。一冬越すために、一家族でこ～～のぐらい薪を使うからな」

冒険者の一人が、十歩ぐらい歩きながら手振りで示す。

それを見てイジェは目を丸くした。

「ヤマがハゲちゃう」

「はげることもある」

「ウワァ。タイヘンだ」

「わふぅ」

イジェとフィオは驚いていた。

7 赤い石の性能を確かめよう

冬の間、イジェの村では赤い石で暖をとっていたとすると、気になることがある。

「大事なことを聞いてなかった」

「ナニ？」

「赤い石はいくつぐらいあるんだ？」

「んーっと。イジェのイエにはゴコあった」

「五個か。結構あるんだな」

五個もあれば、絶やさずに暖め続けることができるだろう。

朝と夕方に一個ずつ魔力を籠《こ》めれば、ほとんどの時間で二個の赤い石が稼働している状態にすることもできる。

「ムラぜんたいでは……たぶん、ゴジッコぐらい」

「五十個か。ちなみに……こちらに持ってくることってできるか？」

「デキルよ。もうジュッコぐらいモッテきているし」

「あ、服と一緒に？」

「ウン。あったらベンリだとおもって」

「助かるよ。ありがとう」

「ウン」

五十個あるならば各戸に設置できるだろう。

赤い石が期待通りの働きをしてくれるなら、非常に助かることこの上ない。

暖炉《だんろ》を作った後、かなりの木を伐採しないといけないと思っていたが、その作業がなくなる。

伐採の必要がないということは、各戸ごとに建てる予定だった薪《まき》小屋も建てなくてよくなる。

とはいえ、イジェたちの村の家と俺《おれ》の建てた宿舎は違う。

赤い石だけに頼っていいのかどうかはわからない。

とりあえず、本領を発揮した赤い石の状態を見てから考える必要があるだろう。

「じゃあ、一時間後にまた集まるか」

一時間ぼーっとしてもいいのだが、やることは他にもある。

「てぉさん！　いまのうちにだんろつくる？」

「いや、赤い石の性能次第で暖炉の構造自体が変わるからな。今から作るのは難しい」

「じゃあ、さとうつくる？」

「砂糖は人手が足りていそうだし……」

俺はイジェを見た。

「タリてる！　ヤスミのミンナもテツダッテくれているし」

今日が休暇の冒険者たちもキッチンにいるらしい。

「本当は休みの日は休んだ方がいいんだがな」

「おサケがタノシミなんだって」

「そっか、すぐにできるわけじゃないんだがな」

酒は今日仕込んで、今日できるようなものではない。

だが、楽しみすぎるのだろう。本当に仕方がないことだ。

「なら。今のうちにヤギの家を建築しようかな」

「やぎ！」

昨日、ヤギたちに明日にでも家を建てると言ったのだ。

ヤギの家自体はヒッポリアスの家やボアボアの家と構造的に大差はない。

だからすぐに作れるだろう。

「じゃあ、俺はヤギの家を建築しに行ってくる。またあとで」

「ああ、テオさん、がんばれよ」

「こっちは任せろ！」

「ガンバッテ！」

そして、俺たちはボアボアの家へと歩いていった。


俺についてきてくれるのは、フィオとヒッポリアス、ピイとシロと子魔狼《こまろう》たちだ。

ピイはいつものように俺の肩に乗っている。

「ピイ、ありがとう」

「ぴぃ～」

今日は随分大人しいが、たまに無言で肩を揉《も》んでくれたりするのだ。

ピイはあまり重くないし、温かいのでとても助かる。

ちなみに夏はひんやりと冷たくて気持ちがいい。

「わふわふ」「……きゃふ」「わぁう！」

子魔狼たちは、じゃれあいながら転がるように走ってついてくる。

自分で走るのが楽しいらしい。

子魔狼たちの後ろをシロがついてくる。

はぐれないように監督してくれているのだ。

『おおきくなる？　きゅおー』

「大丈夫だよ、ありがとう」

ヒッポリアスは俺たちの前を歩きながら、こちらを何度も振り返っている。

「そだ！　かやねずみのいえもつくる？」

「カヤネズミはヤギの背中で暮らしているらしいから、ヤギの家に住むんじゃないかな」

「そかー。ふくろうは？」

「フクロウはどうだろうな。別の家を建てた方がいいかもしれない」

「そかー」

フクロウだって、冬には雪風を防げる場所が欲しいはずだ。

だが、ヤギたちとは欲しがる機能が異なるかもしれない。

「止まり木とか、多分いるよな」

「うーん。いえのなかに、きをはやす？」

「それは木が家の屋根を突き破ってしまうからな」

「そかー」

しばらく歩くと、ボアボアの家の前にいる飛竜《ひりゅう》が見えた。

飛竜は体が大きいので、遠くからでも目立つのだ。

「があう！」

小さく吠《ほ》えると、飛竜は歩いてこちらに来てくれる。

「飛竜、調子はどうだ？」

「がう～」

飛竜は撫《な》でやすいように頭を下げてくれるので、わしわしと撫でた。

フィオも飛竜を撫でる。

「ひりゅ！　ごはんたべた？」

「がう！」

どうやらちゃんと食べたらしい。

「べむ～」

「ぶぶい」

ベムベムとボエボエが走ってくる。

ベムベムは右手で俺の作ったスコップを握り、左手で草を摑《つか》んでいる。

ボエボエはさっきまでぬた打っていたのだろう。

全身にまだ新しい泥が付いていた。

「ふたりともいい子にしていたかー」

ベムベムとボエボエを撫でる。

「べむう～」

いい子にしてたと言いながら、ベムベムは左手に摑んだ草をむしゃむしゃ食べる。

「ぶうい！」

どうやら、ボエボエもいい子にしていたらしい。

「があう」

「そうか、ヤギとカヤネズミたちはジゼラとケリー、ヴィクトルたちと一緒に周囲の散策中か」

「がう」

そして、大人の陸ザメたちとボアボアはそれについていったようだ。

飛竜は、ベムベムとボエボエの子守のために残ったらしい。

8 ヤギの家の相談

Hennaryu to moto yuusha party zatsuyougakari shintairiku de nonbiri slowlife

ヒッポリアスと子魔狼《こまろう》たちが尻尾《しっぽ》を振って、ベムベムとボエボエにじゃれつきに行く。

「きゅうおー」

『あそぼあそぼ！』「ぁぅ」『いっしょ』

「べむ！」

「ぶぶい！」

ベムベムもボエボエも嬉《うれ》しそうだ。

すぐに一緒に遊び始める。追いかけっこをするらしい。

「まてまてー」

フィオも一緒になって、遊び始めた。

フィオは子供なので、もっと遊んだ方がいい。

「…………」

それを少し離れた場所からシロが見守る。

「シロ、ありがとう」

「わふ」

シロはいつも保護者をしてくれるのだ。

俺《おれ》は子供たちを見守りながら、飛竜《ひりゅう》に尋ねる。

「ジゼラたちは遠くまで行ったのか？」

「がう～」

「なるほど。周囲を見回るだけか」

「がぁぅう」

「そろそろ戻ってくるのか。じゃあ、待たせてもらおうかな」

「がう！」

子供たちがボアボアの家の方に走っていったので、俺と飛竜も近くに移動する。

「がう？」

飛竜は何か仕事があったんじゃないのかと尋ねてくる。

「ああ、ヤギたちの家を建てようと思ってな」

「がぁう～」

「どんな家がいいのか、ヤギたちに聞き取りしないと、建てられないからな」

「がう！」

俺と飛竜、そしてピイは遊ぶ子供たちを見守りながら、ヤギたちの帰りを待った。


しばらく待っていると、ヤギたちが帰ってきた。

「テオさん、どしたの？」

最初に、俺たちに気付いたのはジゼラだった。

ジゼラの横にはケリーがいる。

「ストラスがテオが来たって教えてくれたんだ」

ケリーはそう言って、上を指さした。

上空にはストラスたち、フクロウが旋回していた。

「ぶぶい」『めぇ～～』

「べむ！」

ジゼラとケリーの後ろにはボアボアとヤギたち、陸ザメたちがいた。

ヤギたちの背中にはカヤネズミたちがいる。

「カヤネズミたちは、みんな食事中か」

「ちちゅ」

ヤギたちの背に乗ったカヤネズミたちは、美味《おい》しそうに虫を食べていた。

周囲を探索しながら、虫を捕まえたらしい。

「なんかねー。虫がたくさんいたんだって。ねー」

ジゼラがカヤネズミの一匹を優しく撫《な》でる。

「ちちちゅ」

虫が多いことは、農業的にはあまりよくない。

カヤネズミたちが虫を減らしてくれたら農業的にも助かる。

「そっか、たくさん食べてくれると助かるよ」

「ちちゅぅー」

「新大陸のカヤネズミが好む虫の種類がわかってよかったよ。む？　その虫は初めて見るな」

ケリーはカヤネズミが食べている虫を観察しながら、メモを取っている。

どうやら、探索中、ケリーはカヤネズミたちの生態調査ができなかったらしい。

きっと、ヤギたちやフクロウたちの調査をしていたのだろう。

「ちゅー」

「ジゼラ通訳してくれ」

「ふぃおがする！」

子供たちと遊んでいたフィオが駆けてきた。

「お、フィオ頼めるかい？」

「まかせて！」

フィオはやる気だ。

テイマーとして活躍できることが楽しいのだろう。

「ちゅう～」

「このあたりのいなごはふといから、うまい」

「そうか。イナゴは場所によって、太っていたりするのか、餌の違いだろうか」

「ちゅ〜」

「ふゆがくるまえに、かやねずみたち、くいだめする」

「ほう。そうか。ふむふむ。カヤネズミたちは冬は何を食べているんだ?」

「ちゅ〜」

「このみ!」

フィオを通訳にして、ケリーが順調に調査を進めている。

そんなケリーとフィオを気にせずに、ヤギたちは近くの雑草をもぐもぐし始めた。

ヤギたちの背に乗るカヤネズミを追いかけて、ケリーとフィオは移動していく。

そして、ボアボアと陸ザメたちは俺のところに来てくれる。

「ボアボア、おはよう。陸ザメたちもおはよう」

「ぶうい!」「べむべむ〜」

俺はボアボアと陸ザメたちを撫でた。

俺が撫でると、満足したのかボアボアはぬた打ち場に、陸ザメたちはヤギたちのところに移動していく。

陸ザメたちも、ヤギたちと一緒にむしゃむしゃ雑草を食べている。

そんな陸ザメたちとヤギたちについていかず、群れの長であるメエメエは、俺の前に来てくれる。

「めえ?」

俺は俺で、俺の仕事を進めなくてはならない。

「メエメエ、昨日約束した家を建てに来たよ」

「めえ〜」

メエメエは大きな声で鳴くと、体の割に小さな尻尾を勢いよく振った。

「メエメエ、どんな家がいいの？」

メエメエの名付け親であるジゼラが、メエメエを撫でながら尋ねる。

「……めぇ〜〜……めえ」

メエメエは考えながら語り始める。

メエメエの要望は極めて控えめだった。

雨や風、雪が防げたらそれでいいと言う。

「もっと何か希望があれば言っていいぞ。叶《かな》えられるかはわからないが、言うだけならただだ」

俺が、そう言ってもヤギたちは要望を言わない。

「めえ〜」

今まで巣もない生活をしていたから、屋根があるだけでありがたいと言う。

「そっか。ボアボアの家みたいな感じでいいのか？」

「めえ！」

すると、メエメエを撫でていたジゼラが言う。

「崖登りできる場所とか欲しくない？」

「めえ？」

「ほら、メエメエたちって、高いところに登るの好きでしょ？」

「めえ」

好きだけど、別に巣の中になくてもいいよとメエメエは言う。

「そっかー。あ、なら、屋根に登れるようにする？」

「め？」

「テオさん。できるよね？」

「まあ、可能だが……」

屋根を三角にして、その先、軒の部分を地面の近くまで伸ばせば可能だ。

「だけど、屋根に登りやすいように、引っかかりを作ると、雪が滑らなくなるから」

「めえ！」

特に引っかかりは必要ないとメエメエは言う。

引っかかりなどなくとも、登ってみせるという力強い意思を感じた。

「そっか、じゃあ。そうしようか」

「めえ！」

ヤギの小屋の大体の方向性は定まった。

次はフクロウたちへの聞き取りだ。

9 フクロウの巣の相談

Hennaryu to moto yuusha party zatsuyougakari shintairiku de nonbiri slowlife

俺《おれ》は上空にいるフクロウたちを見た。

かなり距離がある。呼ぶのは大変そうだ。

「ジゼラ、ストラスを呼んでくれないか？」

「わかった！　ストラーーース！」

ジゼラが大声でストラスを呼ぶ。

ジゼラの声はよく通るのだ。

「ぴぃー。ホッホウ」

上空を飛んでいたストラスはすぐにやってきた。

ストラスの後ろにはフクロウたちがついてきている。

「ほう？」「ほほう？」「ほっほう？」

フクロウたちは、

「どうしたどうした？」「ジゼラ！　あそぼう」「いじぇいないの？」

など、色んなことを話している。

やはり、フクロウたちはイジェが好きらしい。

「イジェは拠点の方でお仕事だよ」

「ほぉー」「ふぉぅ」

あとで、イジェのところに遊びに行こうとフクロウたちは相談を始めた。

「みんな可愛《かわい》いねー」

ジゼラは、そんなフクロウたちを撫《な》で始めた。柔らかい羽毛が気持ちよさそうだ。

ストラスはそれを見ながら、尋ねてくる。

「ほっほう?」

「いま、ヤギの家について話していたんだが、フクロウたちの家も建てようと思ってな」

「ほーぅ」

「どういうのがいい?」

「ほう?」

ちなみに、ヤギの家はどんな感じなのだと聞いてくる。

「そうだな。えっと、基本の構造はボアボアの家と同じで、屋根の形を変えるんだ」

「めえ!」

メエメエが、一緒に住むかとストラスを誘う。

「ほう?」

「メエエ」

ストラスが「いいのか?」と尋ね、メエメエが「もちろん」と答えた。

「ほほう！」

「じゃあ、フクロウたちもヤギの家に住むってことでいいんだな」

「ほっほう」『ほうほう』

フクロウたちも同居に賛成らしい。

たくさんいた方が暖かいと言っている。

どうやら、建てる家は一軒でよくなりそうだ。

一軒でいいならば、手間も材料も節約できる。

だが、フクロウたちがヤギたちと同居するとなれば、当然、家の構造も変わる。

「フクロウたちは、家に欲しい機能とかあるか？」

「ほう！」

ストラスがみんなに何かないかと尋ねた。

「ほっほうほう」『ぴぃ～～』『ほほほう』

フクロウたちはバラバラに話し始める。

「なるほど、止まり木が欲しいと。それに飛んできて、地面に降りずに入れるようにして欲しいと」

「ほっほう！」『ほう？』

「もちろん、難しくないぞ。止まり木は木の棒を壁と壁の間に渡せばいいだけだしな」

「ほほう？」

「それは、フクロウたち用の出入り口を屋根の近くに作ればいいかな」

「ほう！」『ほっほう！』

「ああ、それも難しくはない。隙間風《すきまかぜ》を防ぐために扉をつけることになるが……クチバシで開けられるだろう？」

「ほう！」

「その入り口の外に、なんというか……フクロウ用のベランダみたいなのをつければいい」

そうすれば、飛んできてそこに止まって扉を開けて中に入れる。

「ほう！」

フクロウたちはそれでいいと喜んでくれた。

「なんかこう巣穴みたいなのを作らなくていいのか？」

「ほう！　ほほう」『ほう』

「ふむ」

フクロウたちの意見が割れた。

別にいいというフクロウと、巣穴は落ち着くので欲しいというフクロウがいた。

「そうだな」

「ほほう！」

少し考えていると、ストラスが教えてくれる。

どうやら、フクロウたちは、子育て中以外、巣穴を必要としない種族らしい。

だが、必要ないが、落ち着くというのはあるらしい。

「猫が箱に入りたがるみたいなもんかな？」

「ほう？」

「まあ、落ち着くなら作るよ。どのくらいの大きさがいい？」

「ほーう」

フクロウたちはあまり大きすぎない方がいいという。

二羽が入って、少しきついぐらいが丁度いい。

「なるほど。ツガイで子育てするからかな？」

「ほっほう」

「ところで、この中で子育てする予定がある者はいるか？　いるなら、出産のための設備も要望に応じて整えるが……」

動物も魔獣も、小さくて弱い種族ほど出産から出産の期間が長い傾向がある。

ネズミなどは一年に何回も子供を産むが、大きな動物は五年に一回しか産まなかったりする。

魔獣は動物より寿命が長く強いので、繁殖の間隔も基本的に動物よりも間隔が長い。

「ほう！」

フクロウたちの中には、出産予定のツガイはいないらしい。

「そうか、必要になったらいつでも遠慮せずに言ってくれ。ヤギたちとカヤネズミたちはどうだ？」

「ちゅー」

少し離れた場所から、ケリーとフィオとお話ししていたカヤネズミが返事をしてくれる。

「にひき！　はるうまれる！」

「おお、それはめでたい」

「お、妊娠している子はだれだ？」

　ケリーが目を輝かせている。

「ちゅ」

「このこ！」

「診せてくれ。ほうほう。妊娠期間が長いのだな。普通の、つまり旧大陸のカヤネズミならば、妊娠期間は二十日ほどだが……」

「ちゅう〜」

「おなかのなかに、いちねんぐらいいる！」

「そんなに長いのか。カヤネズミは魔獣と動物の差が特に大きい種族なのだな」

「そなの？」

「ああ、一年ならば十八倍だ。魔獣と動物の妊娠期間の差は五倍ぐらいが多いかな」

「おおかみも？」

「動物の狼《おおかみ》は七十日前後だが、魔狼《まろう》は一年、三百五十から三百七十日前後かな。大体五倍だ」

「へー」

「ちゅー」

　ケリーの話をフィオとカヤネズミたちが興味深そうに聞いていた。

カヤネズミは実は知的好奇心の強い種族なのかもしれなかった。

「カヤネズミたちも出産に必要な設備や道具が必要なら言ってくれ。作れるものなら作ろう」

「ちゅっちゅー」

「ありがと、いてる！」

俺には通訳は必要ないがフィオが通訳してくれた。

「ありがと、フィオ」

「えへへー」

フィオの頭を撫でていると、

「…………めぅ」

なにやらメエメエが何か言いよどんでいることに気付いた。

10 子ヤギの存在

メエメエは気まずそうに、俺《おれ》たちを見る。

「どうした？　メエメエ。子ヤギが産まれる予定があっても遠慮しなくていいぞ」

子ヤギが産まれるということは、数が増えるということ。

数が増えれば小屋を広くしないといけなくなる。

それに、ご飯の消費量も増えるだろう。

そういうことを気にしているのだろうか。

「本当に気にしなくていいよ。子ヤギが産まれても予定に大差ないし、そのぐらいの余裕は充分にある」

「めぇ……めぇ」

メエメエは申し訳なさそうに言う。

「え？　本当か？」

俺は思わず聞き返した。

「うまれたの？　すごい！」

駆けてきたフィオが嬉《うれ》しそうに尻尾《しっぽ》を振っている。

「産まれただって？　いつだ？」

ケリーも目を輝かせて駆けてくる。

「めぇ～」

「ふつかまえ！」

フィオがケリーに通訳して教えてあげていた。

「なるほど。たしかにおかしいと思ったんだー」

フクロウたちを撫《な》でていた、ジゼラがうんうんと頷《うなず》いている。

「おかしいって何がだ？」

「気配？　メエメエの警戒の仕方が、周囲を警戒するってだけじゃない感じがした」

「…………へぇ？」

「ほら、こう離れた場所にいる、誰《だれ》かを気遣う気配っていうの？　そういうのあるじゃない？」

ないと思う。

少なくとも、感知できるようなものじゃない。

「だから、子供か仲間か。仲間なら怪我《けが》したヤギが近くにいるのかなって思ってたよ」

そう言って、ジゼラはメエメエを撫でる。

「全《まった》く、気付かなかったぞ。冒険者だとそんなことまでわかるのか？」

ケリーが俺の方を見ている。

「俺は気付かなかったし、ジゼラ以外誰も気付かないと思うぞ」

「いや、テオさんも、今日の周辺探索を一緒にしてたら気付いてたって」

気付くわけがないと思う。

「めぇ……」

「いや、気にしてないよ。赤ちゃんがいるなら、慎重になるのは当然だ」

魔ヤギはとても素早い種族だが、赤ちゃんはそうでもない。

いざというとき、逃げ遅れる可能性がある。

完全に安全が確認できるまで、隠しておこうというメエメエの判断は正しい。

メエメエは群れの長なのだから、弱者を守る責任があるのだ。

「めえ」

「気を悪くなんてしていないさ。俺たちだって、同じ状況なら同じ判断をする」

たとえ、俺たちのことを信用していたとしても、メエメエの判断は変わるまい。

俺たちが気付いていないだけで、拠点が安全な場所ではない可能性だってあるのだ。

また、俺たちにとっては安全な場所でも、ヤギたちにとっては危険な場所である可能性もある。

「まあ、赤ちゃんは、念入りに守らないとだよな」

「めえ」

「メエメエ、教えてくれたってことは、ここは安全だと思ってくれたってこと？」

ジゼラが尋ねると、メエメエは頷いた。

「めえ！」

「そっかー。周辺探索でも、危険な場所や危険な奴《やつ》は見つからなかったもんね」

「めええ！」

わざわざ勇者を連れて周辺探索をするなんて、慎重な種族だと思っていたが赤ちゃんがいるなら納得である。

「じゃあ、メエメエ。母ヤギと赤ちゃんヤギが群れに加わるってことか？」

「めえめえ」

「とうさんやぎがいる！」

「そっか。三頭だな。三頭なら家の広さを大きく変える必要はないかな」

「めえ～」

メエメエは迷惑をかけると頭を下げる。

「それより、子ヤギ用の必要な設備はないか？」

「めえ～めえめえ」

お気遣い感謝する。だが我らはいつも雨や雪の日でも、木陰や岩陰で凌《しの》いできたのだ。

屋根と壁があるだけで、充分ありがたい。

なにも、心配しなくてもよいのだ。

そんなことをメエメエは言う。

「ありがと、でも、きのしたとかで……あめとかよゆう！　しんぱいない」

「ほうほう。そうなのか……」

メエメエの言葉を、フィオがケリーに一生懸命通訳していた。

「メエメエ、遠慮するな。例えばベッドとか作らなくていいのか？」

「めえ～？」

「このぐらいの枠を作って……」

「めえ」

「中に藁《わら》とか入れたら、赤ちゃんも寝やすいんじゃないか？」

「めええ！」

メエメエもよさげだと言ってくれる。

「その大きさだと、赤ちゃんしか入れないだろう？　授乳しやすいようにもう少し大きくしたらどうだ？」

「ああ、ケリーの言うとおりだな。メエメエどう思う？」

「めえ！」

メエメエも賛成してくれた。赤ちゃん用ベッドはとりあえず作ってみればいいだろう。

何か改善点が見つかればそのときに直せばいい。

「あとは……そうだな。暖炉《だんろ》を置く予定なんだが、赤ちゃんが上に登ったら危ないよな」

「めえ？」

「ああ、暖炉っていうのは……」

俺はメエメエに暖炉について説明する。

「とはいえ、まだ暖炉の構造は決まっていないんだが……」

暖炉の構造を決めるのは、赤い石の性能チェックの後になるだろう。

「まあ、暖炉の構造が決まったら、赤ちゃんが登れないようにする方法を相談しよう」

「めえ！」

とりあえず、ヤギたちの家の大体の仕様が決まった。

11 家の設計

仕様が決まったら、建てる場所を決めなくてはならない。

「ボアボア、ちょっといいか？」

少し離れた場所でぬた打ち場でぬた打っているボアボアに呼びかける。

ボアボアは気持ちよさそうにドロドロになっていた。

「ぶぶうい？」

「すまない。気持ちよくぬた打っていたところに」

「ぶうい！」

ボアボアは気にしなくていいと言ってくれる。

「ありがとう。ボアボア。」

「ぶい」

「えっとだな、ヤギたちとカヤネズミたち、それにフクロウたちの住処《すみか》を作ろうと考えているんだが」

「ぶぶい」

「どのあたりなら邪魔にならない？」

「ぶうい～」

ボアボアは周囲を見回す。

ボアボアの家の周りには、道具小屋と温泉小屋もある。

そして、畑があり、畑の向こうにはぬた打ち場があるのだ。

「ぶい？」

「温泉の近くか」

「ぶぶ～い」

ボアボアはヤギたちも温泉に入りたいのではないか、と考えたらしい。

「メエメエ、温泉は好きか？」

「めえ～」

どうやらヤギたちも温泉は好きらしい。

「とはいえ、冬は入りにくいよな？」

温泉に入ること自体はいいのだが、濡《ぬ》れた状態で外に出たら一気に凍り付いてしまうだろう。

「めえ～」

「あ、大丈夫なのか」

「めえめえ」

どうやら、毛の構造的に体は濡れないらしい。

それに、外側の毛は水を弾くから、そもそも濡れないとのことだ。

「めえ～」

「まあ、そうか。毛がびしゃびしゃになるなら、雨や雪で死んじゃうか」

ヤギたちは巣を持たずに生き延びてきたのだ。

雨や雪、強い風も、身を寄せ合うだけで凌《しの》いできたのだ。

柔《やわ》な毛皮はしていないのだろう。

「じゃあ、温泉の近くにヤギたちの家を建てようか」

「ぶい」『めえ～」

ボアボアとメエメエの賛成を得られたので、建築予定地へと歩いていく。

「ぶいぶい～」

ボアボアは楽しそうについてくる。

メエメエとヤギたち、その背に乗ったカヤネズミたち、それにストラスとフクロウたちもついてきてくれる。

みんな家に興味を持ってくれているようだ。

そしてジゼラは、いつの間にか、近くで草を食べている陸ザメたちと遊んでいた。


温泉の小屋を建てた裏側。

そこに広がる空き地に、新しく建てることにする。

温泉はボアボアの家の裏側に隣接している。

ボアボアの家の奥にある扉を開けたら、そこはもうお風呂《ふろ》場なのだ。

つまり、ボアボアの家、温泉、ヤギの家という並びになる。

ボアボアの家の出入り口、温泉、ヤギの家の出入り口は直線に並ぶ構造だ。

出入り口が真逆の方向を向いているが、寒いときはどちらかから入り、温泉を経由して移動すればいい。

「大まかな出入り口の方向と、建てる場所が決まったら、次は全体構造のイメージだな」

まずは、ぼんやりとしたイメージを、はっきりとしたイメージにするところからだ。

ヤギたちのために屋根を三角にして登りやすくしなくてはならない。

そして、フクロウたちのために屋根の近くに出入り口と小さなベランダを作る。

窓もあった方がいいだろう。

ヤギたちやフクロウたちでも開閉できるように形に工夫をした取手《とって》をつけた方がいい。

ヤギたちが入るメインの出入り口も大切だ。

大きくする必要があるが、あまり大きくしすぎると、寒気も入りやすくなる。

それに、カヤネズミたちが出入りするための小さな出入り口も必要だ。

ヤギの扉の近くに作ればいいだろうか。

「……カヤネズミたち」

ふと気になることができたので、尋ねてみる。

「ちちゅ?」「ちゅー」

「シロのおしっこの臭いは怖いか?」

魔狼《まろう》の尿は、ネズミ避けになる。

尿に限らず、魔狼の匂《にお》いがする時点で、ネズミなどは近づかない。

ネズミにとって、魔狼は天敵だからだ。

「ちゅ！」「ちゅちゅちゅ」「ちっちゅ」

「なるほど、怖いことは怖いと」

「ちゅ～」

「だが、慣れたと……」

「ちゅちゅ～」

カヤネズミたちは言う。

そもそも、この拠点の匂いが怖すぎると。

「めえ～」

「ヤギたちも怖いか」

「めえ～～」

メエメエも言う。

拠点からは魔狼の匂いだけでなく、キマイラと複数の竜の匂いがしている。

まともな生き物は近づかない。

だからこそ、メエメエたちは拠点の存在は知っていても近づかなかったのだ。

「めぇ～」

そして、メエメエはボアボア、ベムベムと遊ぶ、ヒッポリアスと子魔狼《こまろう》たち、それと見守るシロに目をやった。

「めえ～めえ～」

「今は心強いか。そうだな。シロも子魔狼たちも、ヒッポリアスもヤギたちのことは仲間だと思っているよ」

「めえ」

強い生き物が仲間になってくれたのは頼もしい。

シロもヒッポリアスも、飛竜《ひりゅう》も、ボアボアたちも信用できる者たちだ。

そうメエメエは言う。

だからこそ、赤ちゃんヤギも連れてくる気になったのだと。

「そっか、よかったよ」

「ほっほう?」

ストラスが、それで本題は何だと聞いてくる。

家の建築計画を練っているときに、魔狼の尿について聞くのだから建築に関係するのだろう?

そう、ストラスは思ったようだ。

「ストラスは賢いな」

「ほほう」

お世辞はいいと言いながら、少しストラスは照れていた。

「旧大陸でも、フクロウは森の賢者って呼ばれていたよ」

「……ほう」

照れるストラスの頭を撫《な》でる。

「それで、本題は、カヤネズミたちでも開閉できる扉を作ろうと思ったんだが……」

「ちゅちゅ？」

「そう。カヤネズミたち以外のネズミが入ってきたら困るだろう？」

野良ネズミに、餌を食い荒らされたり、糞尿で汚されたりすると困る。

「ほっほう」

「あ、たしかに、野良ネズミはストラスたちが対処してくれるか」

「ほう！」

フクロウはネズミの天敵だ。

「ほっほほう」

ストラスは、カヤネズミは食べないから安心しろと言い、

「ちゅちゅちゅ」

カヤネズミは、わかっているよと返事をした。

12 冬の過ごし方と赤ちゃんの季節

Hennaryu to moto yuusha party zatsuyougakari shintairiku de nonbiri slowlife

それからストラスは俺《おれ》を見る。

「ほっほう?」

「そう。カヤネズミ用の出入り口の周りにシロがおしっこしたら、野良ネズミを防げるかなって」

「ちゅ～」

「そもそも、野良ネズミは近づかないか」

「ちゅちゅ～」

人の鼻では気付かないが、ネズミの鼻では、シロの匂《にお》いだらけなのだと言う。

「ちゅ～」

「そうか、追加で撒《ま》いても、今更意味がないと」

「ちゅちゅ」

「ストラス、この集落の近くに野良ネズミってどのくらいいるんだ?」

「ほぉ～う」

「近くの基準によるか」

「ほう」

ネズミを捕食するために、少し飛ぶ必要はあるらしい。

「じゃあ、野良ネズミのことは気にせず、カヤネズミの出入り口を作れるな」

「ちゅ！」

俺は安心して、小屋の構造を考えていく。

あとは上水を通す位置と下水の位置だ。

暖炉《だんろ》はどういう構造になるかわからないので、どこにでも設置できるように余裕を持たせた方がいいだろう。

「水道と下水は、ボアボアの家にあるのと同様でいいか？」

「めえ～」「ちゅちゅ」

「ストラスたちは？」

「ほっほほう」

「水道は同じでいいが、トイレは使わないと」

「ほう」

「フクロウっていうか、鳥はトイレを我慢できないんじゃないのか？」

鳥は、飛ぶ関係上、なるべく体を軽くしたい。

だから、鳥の体は、トイレを我慢できる構造になっていない。

「ほっほう～」

「え、我慢できるのか？」

「ほう〜」

「苦手だけど我慢できると。ふむ」

俺がカヤネズミと話し始めてから、ずっと無言でメモを取っていたケリーの目が輝いた。

メモを取る速さが加速する。

「ほう？　フクロウたちはトイレを我慢できるのか。どのくらいできるんだ？」

「ほ、ほう」

「フィオ！　頼む」

「わかた！　え。なんで、そんなこと、だて！」

ストラスは困惑しているようだった。

急に自分のトイレ事情を目を輝かせて聞かれたら、誰《だれ》でも困惑するだろう。

「ストラス、ケリーは魔獣学者なんだ。だからなんでも知りたいんだよ」

「ほっほう」

「それはわかたけど！　といれはきたないし、だて！」

「よいか、ストラス。トイレを我慢できる鳥は珍しいのだ、だから知りたい。教えてくれ」

「ほう……」

「わかたけど……だて！」

困惑しながらも、ストラスはケリーの聴取に応じるようだった。

「あ、ストラス。先にこちらの質問に答えてくれ。ケリーすまん」

「ほっほう?」

「トイレはボアボアの家にある奴でいいか?」

「ほう!」

ストラスは、ボアボアの家のトイレで充分用を足せるから安心しろと言ってくれた。

「ありがとう、助かる」

そして、俺は家の構造を考える。

頭に思い浮かべる家の構造が、どんどん具体的になっていく。


俺がそうしている間、ケリーがメエメエと話している。

「ヤギって、春頃に産まれるのが普通なんじゃないか?」

「めえ〜」

「そんなやぎもいる」

旧大陸のヤギは春頃一斉に生まれる。

それは、寒いうえに餌が少ない冬を、赤ちゃんが生き延びるのが難しいからだ。

「秋に生まれるのは珍しいのではないか?」

「め〜め」

「そう、つごうよくはいかない。ひともそうだろ、いてる」

「たしかにな。……そういうことか」

「どういうこと？」

「ほら、人は別に冬だろうと秋だろうと、子供を産むだろう？」

「わかんない」

フィオが首をかしげる。

「そうか。フィオは人の赤ちゃんを見たことないのか」

「ない！」

フィオは物心つく前に捨てられて、魔狼《まろう》に育てられたのだ。

人の赤子を見たことなくても当然だ。

「フィオ、動物は同じ種族なら基本的に生まれる季節が大体一緒なんだ」

「ほむ？　おおかみは？」

「狼《おおかみ》は春だな。魔獣じゃない狼は基本的に春に産まれる。魔狼もほとんど春に産まれるぞ？」

「あ、くろ、ろろ、るるは、はるうまれた！」

「そうだろう。シロもきっとそうだぞ」

ヒッポリアス、ベムベム、ボエボエと子魔狼《こまろう》たちの遊びを見守っていたシロの耳が動いている。

シロもフィオとケリーの話を聞いているのだろう。

「どして、はる？」

「それはだな、草木も茂ってくるだろう？　そうなれば、それを食べる動物も増える」

「おおかみのえさもふえる！」

「そういうことだ。餌がたくさんあれば、お母さん狼も乳がよく出るようになるしな」

「ほむー。ひとは？」

「人はいつでも産まれる」

「なんで？」

「食料を蓄える技術が高いからかもしれないな」

「そかー」

ケリーとフィオの会話を、ヤギたちとカヤネズミたち、フクロウたちも聞いている。

「みなは、ごはんためないの？」

「めえ～」

「ゆきのしたのくさをたべるの？」

「めぇ」

「きのかわかー」

草がなくなれば、木の皮を食べると言う。

「かやねずみたちは？　ふゆなにたべるの？」

カヤネズミたちはよく虫を食べている。

だが、冬のあいだ虫はいなくなるのだ。

「ちゅー」

「そかー、たねかー」

「ちゅ」

カヤネズミたちは地面に落ちた種などを食べるらしい。

「めえ〜」

「ちゅ〜」

「そかー。ふゆはごはんがたりなくなるのかー」

ヤギやカヤネズミにとって、やはり冬は耐え忍ぶものなのだ。

秋の間にたくさん食べて、脂肪を蓄え、冬の間は少ないご飯でなんとか耐えるのだ。

「いまのうちに、くさをためないの？」

「めえ〜」「ちゅ〜」

フィオの言葉に、ヤギたちとカヤネズミたちは首をかしげた。

フィオは、陸ザメたちを指さした。

「りくざめたちは、てんさいをじめんにうめてたよ」

「めえ～」「ちゅちゅ」

ヤギたちとカヤネズミたちは言う。

それは考えないこともなかった。

だが、ヤギたちの主食の草は、地面に埋めたら腐るのだ。

カヤネズミたちの夏の主食である虫も腐る。

だから、雪の下にある草をほじくり返して食べるしかない。

「そかー。くさうめたら、くさるかー」

「めえ～」「ちちゅ」「ほほほぅ」

ストラスたち、フクロウも一緒に考えているようだ。

「すとらすは？　ふゆのごはんだいじょぶ？」

「ほっほう」

やはり、冬の間、フクロウたちの餌も少なくなるのだと言う。

「ほうほう？」

「うん。まろうもおなじ。ごはんすくない！」

そして、フィオはケリーを見る。

「けりー。ひとはどやて、ためるの？」

「ん？　人のご飯か？　それは小麦とか……」

「やぎとかのごはん」

「ああ、そっちか。牧草を溜《た》めておくんだ」

「ふむふむ。くさらない？」

「こうなんと言えばいいか、塔みたいな場所に……」

ケリーは地面に枝で図を描いていく。

「サイロっていうんだが、こういう塔に牧草を入れるんだ」

「ふむふむ」

「めえめえ」「ちちゅ」「ほっほう」

「そうすると、説明するのが難しいが、そうすると発酵して腐らないんだ。発酵は腐るに似た現象ではあるんだが……」

「ふむ？」「めえ？」「ちゅ？」「ほっほ？」

発酵が難しかったようだ。

フィオもヤギたちも、カヤネズミたちも、フクロウたちも、首をかしげている。

「ておさん、つくれる？」

「ん？　ああ、サイロなら作れるぞ、だが……」

「そうだね。今からだと冬までには間に合わないかな」

サイロに入れた牧草が発酵するまで三か月程度かかる。

「そもそもだ、新大陸の草が、旧大陸の牧草と同じように発酵するとは限らない」

「むずかしいね！」

「試しにサイロを作ってみるか？　うまく発酵させることができるかはわからないが」

「それも面白《おもしろ》そうだね」

「うん！」「めえめえ」「ちゅちゅ」「ほう」

フィオたちも賛同してくれた。

「ボアボア、いいかい？」

「ぶい！」

ボアボアも建てていいと言ってくれる。

「じゃあ、家の近くに作ることにするよ。さて……」

ケリーとフィオたちが話し合っている間に、家の基本設計は終わった。

「作業に入るぞ」

「ぴい！」

肩に乗ったピイが任せろと言ってくれる。

「頼んだ、ピイ」

俺《おれ》は建設予定の地面に鑑定スキルを発動する。

地中の構造を把握することは大切だ。

近くに建てるサイロの建築予定地もついでに調べる。

上水と下水を通すので、近くの配管とそれをつなぐ経路も鑑定で導き出した。

「うん。地盤は問題ない。配管もそう難しくないな」

「ぴい」

鑑定スキルを使うと、ピイがマッサージしてくれる。

すると、凝りがほぐれて、疲れにくくなるのだ。

「次は建材だな」

魔法の鞄《マジック・バッグ》から木材と石材を取り出していく。

金属のインゴットも忘れてはいけない。

蝶番《ちょうつがい》など要所要所に金属を使えると便利なのだ。

それに、上水と下水にも金属を使う。

ガラスの窓を作るために砂も取り出しておく。

「さて、次は建材の鑑定だ」

ヤギたちやカヤネズミたち、フクロウたちに説明するために口に出す。

建材にも鑑定スキルをかけて、その特性を把握していった。

金属インゴットは何度も鑑定しているし、そもそもインゴット精製時に均一に作ってある。

だから、特性把握は一瞬だ。

石材も比較的簡単に鑑定は終わる。

これまで何度も鑑定しているし、同じ場所からとった石材は、特性も似ているからだ。

ガラス窓の材料である砂も特性は似ているので、特性把握は簡単である。

だが、木材の方はやはり個性がある。

近い場所で育った、樹齢も近い、同じ種の木なのに、やはり個性があった。

「ふう。……鑑定が終わったら建築だ。イメージを固めたら一気に行くよ」

特性を把握した建材を使って、どのような建物を作るのか。

それを精密に頭の中で描いていく。

髪の毛一本分の隙間《すきま》も、全《すべ》て計算し尽くす。

「…………」

これまで、拠点でたくさんの建物を建てた。

ヒッポリアスの家、食堂、冒険者たちの宿舎、病舎にトイレ、お風呂《ふろ》。

それにボアボアの家とボアボア用のお風呂、農具倉庫。

新大陸に来てから、よくもまあ、たくさん建てたものだと我ながら思う。

旧大陸にいた頃、製作スキルは、主に武器防具の補修のために使っていた。

他には戦闘時のサポートだ。

敵の攻撃を防ぐために土壁を作ったり、落とし穴を作ったり。
咄嗟《とっさ》に判断して即座に作る。それがほとんどだったのだ。
精度より速さを求められることが多かった。
武器防具の補修も、戦闘中に行なうことも多かった。
何より速さが大事だった。
だが、新大陸に来てからは精度を求められることが多くなった。
「スローライフか」
速さを求められない製作。
遅くても誰《だれ》も死なない製作。
そんな製作をしているときこそ、俺はスローライフをしている気になるのだ。

14 新しい家

「よしっ、行くぞ」
俺《おれ》は脳内で固まったイメージをもとに家を一気に建てていく。
製作スキルを用いた建築は下から行なう。
まず、地中の上下水道の配管に繋《つな》げる形で、金属の管を通しておく。
金属管が地上に出るのと同時に、土台を作り、床を作る。
床の上にはトイレや上水道を配置しつつ、壁も同時に作っていく。
ヤギたちとカヤネズミたちの出入り口をそれぞれ作る。
壁の途中で窓を作り、ガラスを嵌《は》めた。
出入り口とは別の壁をお風呂《ふろ》場に繋げた。
お風呂場に繋がる扉も、ヤギ用とカヤネズミ用、フクロウ用を用意しておく。
これで、ヤギたちも、冬場は外を通らずにお風呂に入ることができるだろう。
フクロウ用の止まり木も忘れてはいけない。
もちろん、フクロウたちが出入りするための出入り口とベランダも作る。
そして、最後に屋根を作り、金属の板で覆《おお》って完了だ。

「ぶうい〜」

ボアボアが感心して家を見上げていた。

「きゅお〜〜」

『はいる？　はいる？』『ぁう』『なかであそぶ』

「ぶぶい」『べむう〜」

ボアボアの横には、ヒッポリアス、子魔狼《こまろう》たちとボエボエ、ベムベム、それにシロもいた。

建築が始まったことに気付いて、遊びをやめて集まってきたらしい。

「めえ！」『ちゅちゅ」『ほっほう！」

ヤギやカヤネズミ、フクロウたち、みんながありがとうとお礼を言ってくれる。

「いえいえ、どういたしまして。それより、使いにくいところがあったら、教えてくれ」

「めえめえ！」『ちゅっちゅ」『ほう！」

「遠慮しなくていいよ。修正はすぐできるからね」

ヤギたちが、自分で扉を開けて中へと入っていく。

カヤネズミたちはヤギたちの背中から降りて自分たち用の扉から中へと入った。

「使いにくくないか？」

「めえ！」『ちゅっちゅ」

「それならよかった」

どうやら、扉は問題ないらしい。

「ほっほう!」

フクロウたちは一度上空へと飛び上がって、ベランダへと降りてくる。

そして、フクロウ用の扉を開けて中へと入り、止まり木に止まった。

「ほほう!」

「改善点はないか?」

「ほう!」

フクロウたちは扉も開けやすいし、止まり木にも止まりやすいと言ってくれた。

「ふぃおたちもはいる!」

「きゅお~~」

『はいる!』『ぁぅ』『なかでねる』

「ぶぶい」『べーむべむ」

「わう」

子供たちも楽しそうに家の中へと入っていった。

ルルは遊びすぎて眠いのかもしれない。

ルルが眠いということは、クロもロロもきっと眠いのだろう。

恐らく中に入ったら、すぐ寝るに違いない。

子魔狼たちは、子供なので遊んでいたと思ったらいつの間にか眠っているのだ。

「思ったより……疲れた」

「ぴぃ〜」

「ありがとうピイ」

ピイのマッサージを受けながら、俺は家の中に入る。

窓を多めにしたおかげで、家の中は明るかった。

「ふう〜」

家の床にあぐらをかいて座る。

すると、子魔狼たちが俺の足の上によじ登ってきた。

『……あそぼ』「……ぁぅ」『ねる』

そして、すぐに三頭とも寝始めた。

「テオ、建築が速くなった？」

ケリーが隣に座る。

「コツを摑《つか》んだかもしれない」

「そうなんだね」

「ああ、こっちに来て製作スキルで建築させてもらっているからな。旧大陸の十年分は建築したよ」

「そんなにか？」

「旧大陸では、製作スキルは戦闘関連に使ってばかりだったからな」

そんなことを話していると、

「べむべむ？」「べむぅ〜」

雑草を食べていた大人の陸ザメたちが家の前に集まってきた。

大したものだなぁと、手に持った草をむしゃむしゃしながら、感心していた。

「テオさんの製作スキルは相変わらずすごいなぁ」

陸ザメたちと一緒にいたジゼラも来たようだ。

「めえ～」

どうぞ入ってとメエメエに言われて、

「べむ～」「べむべむ～」

陸ザメたちがぞろぞろと、中に入ってくる。

「おじゃまするね！」

ジゼラも入ってくる。

そして、陸ザメたちと一緒に、床を調べて、壁を調べて、フクロウたちの止まり木を見て、

「べむぅ～」

「すごいなー。明るいのがいいよね！」

と感心している。

「がう」

飛竜《ひりゅう》も家の周囲を回って、観察し始めた。

そして、一周すると、

「がう～」

入り口から顔だけ突っ込んで、いいねと褒《ほ》めてくれた。

そして、静かに中に入ってくる。

「ありがと」

飛竜のおめがねにもかなったようだ。

それからヤギ、カヤネズミ、フクロウたちが、温泉への出入り口を試してくれた。

そちらも問題がないようで、一安心である。


次に俺は折角みんなが集まっているので、改めて暖炉《だんろ》について説明することにした。

「みんな、少し聞いてくれ」

「めえ?」『ちゅちゅ?』『ほほっう?』

「ボアボアと陸ザメたちと飛竜もな」

「ぶい?」『べむべ～む?』『がう?』

みんなの視線が俺に集まる。

ジゼラとケリー、フィオは、俺の隣に座ると、子魔狼たちを一頭ずつ抱っこした。

それを見て、うらやましいと思ったのか、シロ、ボエボエ、ベムベムが近づいてくる。

そして、ジゼラたちのひざの上に乗った。

「よーしよし。シロは可愛《かわい》いねー」

「わふう」

「お、ボエボエ、甘えてくれるのか？　どろどろだな、ぬた打ったのかい？」

「ぶぶい」

「べむべむ～、ておさんのすこぷすきだねー」

「べむ～」

ベムベムは自慢げに俺の作ったスコップをフィオに見せている。

そして、ジゼラたちは、上機嫌で子供たちを撫《な》でまくっていた。

それを見て、少しうらやましいと思う。

俺も子供たちを撫で回したいが、大事な説明があるのであとにしよう。

「きゅお」

「ヒッポリアス、ありがとう」

ヒッポリアスが寂《さび》しくないように、俺のひざに顎を乗せてくれた。

ヒッポリアスのことを撫でながら、俺は大人たちに向けて、暖炉について説明することにした。

15 サイロの建築準備

Hennaryu to moto yuusha party zatsuyougakari shintairiku de nonbiri slowlife

俺《おれ》は大人たちを見回す。

ヤギたちも、その背に乗るカヤネズミたちも、俺を見ている。

フクロウたちも、止まり木から床に降りてきてくれた。

陸ザメたちは、手に持った草をむしゃむしゃしているが、ちゃんとこちらを見てくれている。

飛竜《ひりゅう》とボアボアも真面目《まじめ》な表情を浮かべていた。

「これから暖炉《だんろ》というものを作る予定なんだ。この家とボアボアの家にも一つずつ置く予定だ」

「めえ～」「ちゅ？」「ほう？」

「ぶぶい？」「べむ？」「がう！」

やはり暖炉を知らない者の方が多そうだ。

「知らない者たちのために簡単に言うと、部屋を暖かくするための装置だな」

「めえめえ～」

「そう、子供たちが、突っ込んだら危ないからな。気をつけて欲しい」

「めえ？」

メエメエが「どのくらい熱くなるのだ？」と俺に聞いてくる。

するると、他の者たちも気になるようで、うんうんと頷《うなず》いてた。

「実はだな、まだどのくらい熱くなるのかわからないんだ」

「めえ？」『ちっちゅ？』『ほほっほう？』

ヤギたちもカヤネズミたちもフクロウたちも首をかしげている。

ストラスなど、ほぼ直角に首が曲がっていた。

「今、イジェが持っていた赤い石という発熱体の実験中なんだ。それがどのくらい熱くなるか次第だな」

「ほ～」

イジェと聞いて、ストラスは嬉《うれ》しそうに一度羽をバサッとさせた。

「もしかしたら、赤い石より薪を燃やした方がいいかもしれないし、赤い石を補う形で薪を燃やす必要があるかもしれない」

「めえ～」『ちゅ～』『ほ～う」

「だからまあ、どのような構造になるかはわからんが、あとで暖炉というすごく熱くなるものを作りに来るよ」

「めえめえ」『ちゅちゅ～』『ほうほーう」

「ボアボアの家にも作るよ」

「ぶぶい～」

大人たちへの説明が終わった頃――

「暖炉には触れたらだめなんだよー」

「わふう」

「でも、ボエボエは賢いから、ダメって言われたらわかるもんな」

「ぶぶい」

「だめだよ～」

「べむ！」

ジゼラ、ケリー、フィオによる子供たちにも説明が終わっていた。

ちなみに子魔狼《こまろう》たちは眠っている。

「きゅお」

「ヒッポリアスは、わかっているもんな」

「きゅうお～～」

ヒッポリアスは尻尾《しっぽ》を勢いよく振った。

「さて」

「あ、テオさん、赤い石とやらを見にいくの？」

ジゼラは赤い石が見たいらしい。

「いや、その前にサイロの建築だ」

小屋を一気に作って、大分《だいぶ》疲れた。

だが、ずっとピイがマッサージしてくれたので、回復したのだ。

「ピイ、いつもありがとうな」

「ぴっぴい」

頭を揉《も》んでくれていたピイがプルプルした。

「サイロかー。ぼくも昔見たことあるよ。石の塔だよね？」

「まあ、似たようなもんだな。とりあえず、外に行こう」

俺はヒッポリアスを抱っこして外へと向かう。

ジゼラ、ケリー、フィオは寝た子魔狼たちを抱っこしてついてくる。

ベムベム、ボエボエ、シロはその後ろをついてきた。

ボアボアと飛竜、メエメエ、そしてメエメエの背に乗るカヤネズミがついてくる。

「ぶい～」『めえ！』『ちゅっちゅ」

他のヤギたちやカヤネズミたちは小屋の中だ。

小屋の床や壁の感触や、設備の使い勝手を確かめているのだろう。

「ボアボア、メエメエ。このあたりでいいかな？」

「ぶぶい！」『めえ～」

改めて場所の許可を取ったので、石材を魔法の鞄《マジック・バッグ》から取り出した。

サイロの主材料は石材なので、大量に必要だ。

それに金属も使うのでインゴットを取り出す。

「さて、地面の鑑定からだな」

「さき、やてなかた？」

フィオが疑問に思ったようだ、

「時間が経《た》ったからね」

フィオの言うとおり、地面の鑑定は先ほど小屋を建てたときにやった。

だが、もう一度改めて鑑定するのだ。

「鑑定内容って、特に建築の場合、時間が経つとすぐに忘れちゃうんだ」

「そなんだ？」

「うん、ものすごく大量の情報が一気に頭の中に流れてくるからね」

忘れないと頭がいっぱいになってしまう。

「じゃ、どして、さき、さいろのじめんのかんていもしたの？」

「それはね。問題があるかどうかだけ調べたんだ」

「もんだい？」

「サイロを建てるのに致命的な問題が地中にあれば、建てられないでしょう？」

「うん、たてられない」

「小屋を建てた後に、致命的な問題が地中に見つかったら、サイロを遠くに建てないといけなくなる」

それは、ヤギたちにとって不便だ。

日々のご飯をとるために、遠くまで歩かないといけなくなるのだから。

晴れの日はともかく、猛吹雪の日などはとても厳しい。

「だから、念のためにサイロを建てる地面も鑑定したんだよ」

「そかー」

ふと上を見上げると、ストラスがベランダに出て、俺たちの様子を見つめていた。

各種族のリーダたちが見てくれていると、安心できる。

「まあ、地面の鑑定の前に、設計図を頭の中で作らないといけないのだが」

俺は、ヒッポリアスを地面に置いて、サイロの構造を頭に思い描いていった。

16 サイロの建築

サイロとは、一般的に牛や馬などの飼料を保管するための建築物だ。

木製や石製、レンガ製の塔のような構造をしている。

塔の上の方に、牧草の詰め込み口があり、取り出し口は下の方にあるのだ。

「塔の上まで牧草を持っていくのが大変なんだよな」

「がう」

「ありがとう、飛竜《ひりゅう》」

詰め込むのは任せろと飛竜が力強く言ってくれた。

だが、飛竜はそのうち旧大陸に帰るのだ。

旧大陸に帰った後は飛竜なしで、牧草を詰め込まなくてはならない。

サイロ上部にある詰め込み口まではしごをつけるのが一般的だ。

そして、壁に隙間《すきま》があってはまずい。

密封することで、詰め込んだ牧草の発酵を促すのだ。

その過程で、液体が染み出るので、その廃液を外に流すための溝も必要だ。

「とはいえ……、俺《おれ》のサイロの知識は見よう見まねなんだよな」

「さすがのテオもサイロ建築はしたことがないか?」

「さすがにね。失敗したらすまない」

「めえ~」『ちゅちゅ』

メエメエとカヤネズミの長は気にするなと言ってくれる。

「ありがとう。そういえば、ケリー。牧草なんだが……このあたりの雑草でいいのか?」

「それはまあ、やってみないとわからないな」

「そっか。まずはやってみないとな」

俺は下部から、サイロの構造を考える。
下部は地面に埋める形にしよう。
廃液を流すために、石を敷いて、その下に管を通せばいいはずだ。
壁の石はしっかりと隙間なく綺麗《きれい》に並べて、円柱状の塔にする。
飼料の取り出し口は、下部と中程の二か所だ。
そして、詰め込み口は上部だ。
詰め込み口に登るはしごは金属がいいだろう。
取り出し口と詰め込み口には金属で蓋をしよう
屋根は金属で、三角錐《さんかくすい》の形がいい。

「うまくいくか、あまり自信がないんだが……」

最悪でも絶対に倒壊しないようにしなくてはならない。

大きな地震が起こっても倒れないように、もし倒れるとしたら小屋の反対側に倒れるように計算する。

「よし！」

俺は気合を入れ直すと、地面に鑑定スキルをかけていく。

問題ない。

次に材料、石材と金属インゴットに鑑定をかけていく。

それが終われば、一気に製作スキルを発動させる。

井戸を作ったときと同様にして、地面に穴を掘り、底から順番に作り上げていく。

石材と金属インゴットを同時に消費し、製作していくのは大変だ。

だが、通常の建築では神経を使うはずの石ブロックの接《つ》ぎ目などは気にしなくていい。

製作スキルを使った建築の場合、接ぎ目ができないからだ。


「…………ふう。できた」

直径二メトル、高さ六メトル。

新大陸の拠点におけるもっとも高い建物だ。

「すごいすごい！　たかいね！」

「遠くからも目立つな。機能をしっかり果たせるかはまた別の問題だが……」

上手《うま》いこと草が発酵してくれるといいのだが。

「めえ！」「ちゅちゅ」

メエメエとカヤネズミが褒《ほ》めてくれる。

なぜか高いところから声が聞こえた。

「ありがとう、って、いつの間に」

「めえ～～」

メエメエは、カヤネズミを乗せたままヤギの家の屋根の一番高いところの近くにいた。

俺が建築に集中している間に、登ったらしい。

「お、おお」

ヤギたちが屋根に登れるように、三角屋根にして、軒を地面の近くまで伸ばしたのだ。

それを活用して、少し高いところからサイロを見ていたのだろう。

「サイロは、いやその前に、メエメエ、屋根はどうだ？」

サイロの善し悪しなど、まだメエメエにもわかるまい。

そもそも、野生のメエメエはサイロなど知らないのだから。

使ってみて、上手《うま》くいくか、不具合が出るか、それまで善し悪しはわからない。

だから、俺は屋根について尋ねる。

「こう、滑りやすくて子ヤギには危険とかないか？」

「めえ～～」

「おお、快適か。それならいいんだが、雨がふったらどうだろうな」

「めえめえ～」

「なるほど、凍ったのならともかく雨程度なら大丈夫か」

そして、メエメエとカヤネズミが屋根から降りてくる。

その頃には、ストラスがベランダからサイロの上に移動していた。

「ストラスも気になったところがあれば教えてくれ」

「ほうっほう」

「サイロはよくわからないが、いいと思う、か。ありがとう」

「ほっほう？」

「それより、あれはいいのか？　ってあれ？」

「ほっほほう」

ストラスの示す場所を見る。

「どう？　見える？」

「わふー」「…………」「ぁぅ！」

ジゼラが子魔狼《こまろう》たちをサイロ下部にある取り出す口から中に入れていた。

そして、自分も中に入ろうとしている。

それを見たボエボエとベムベムも、

「ぶぶいー』『べむー」

中に入りたいらしくて、抱っこしてくれとジゼラにアピールしていた。

「ちょっとまって。ほい」

「ぶぶい！』『べむべむー」

ボエボエとベムベムも中に入れてもらって嬉《うれ》しそうだ。

「きゅおー……』『わふぅ……」

その後ろでヒッポリアスとシロが心配そうにうろうろしている。

フィオもその近くにいるが、ジゼラがいるから大丈夫だろうと考えているらしく、特に心配そうにはしていない。

「ジゼラ」

「なに？　結構よさそうだねー。暮らせそう」

そう言いながら、ジゼラも中へと入った。

『しずか！』『ぁぅ』『あったかい』

「きゅお……』『わふ……」

ヒッポリアスとシロが俺の足元に来て、「大丈夫？」と聞いてきた。

17 サイロの危険性

Hennaryu to moto yuusha party zatsuyougakari shintairiku de nonbiri slowlife

今のサイロは危険ではない。

ただの石の塔に過ぎないのだ。

だが、サイロは安全ではない。

「ジゼラ。サイロは危険だから、遊び場にしたらだめだ」

「え、そうなの？」

「そうだぞ。クロ、ロロ、ルル、ボエボエ、ベムベム、とりあえず出てきなさい」

「わふ？」「ぁう」「わぉう」

「ぶい？」「べむー？」

まずは子供たちをサイロの外に出す。

「ジゼラも」

「あ、はい」

なぜか、出てきたジゼラは正座した。

別に正座しなくていいのだが。

もしかしたら、ジゼラは子供たちに反省の姿を見せようとしているのかもしれなかった。

そうやって、サイロの危険性を子供たちに教えようとしているのだろう。

「あぅ」「……」「わう」

子魔狼《こまろう》たちは仰向《あおむ》けになって、へそを出している。

服従のポーズ、いや恐らくこれは反省の表明をしているのだろう。

「ぶい」「べむー」

ボエボエとベムベムまで仰向けに寝っ転がる。

キマイラも陸ザメの服従のポーズは仰向けではないと思うのだが、子魔狼たちを真似《まね》したのだろう。

「いいかい？　サイロは危険だから遊び場にしたらダメだ」

「どう危険なの？」

「ジゼラ、いい質問だ。まずサイロの中で草を発酵させるって言っただろう？」

「うん」

「発酵したら、ガスが発生する」

「毒ガス？　ダンジョンでたまに出てくる」

「毒ではないが……ケリーわかりやすい説明の方法はないかな？」

「そうだね……、うーん」

ケリーは正座するジゼラと、仰向けの子供たちを見る。

みんな真面目《まじめ》に聞いている。

「簡単に言うと、息ができなくなる」

「くうきない？」

真面目な表情でフィオが尋ねる。

フィオはジゼラのサイロ侵入遊びには付き合わず、離れたところで子供たちを見ていたのだ。

「空気はあるよ。でも、息ができないんだ。空気を吸っても息苦しいまま、というか意識がなくなる」

「こわい！」

「怖いよ。ガスに色がついているわけでもないし、匂《にお》いがあるわけでもない。見た目でも鼻でもわからないからね」

「みんな、あそんだら、だめだよ！」

フィオが真剣な表情で子供たちに言う。

「はい。ごめんなさい」

「「わふ」」

「ぶい」「べむ」

ガスの見えない危険について理解してもらったところで、次は見える危険についても説明しなければならない。

「サイロの中には草が積まれる。不用意に中に入ったら、崩れてきて生き埋めになるよ」

「いきうめ⁉」

俺《おれ》は近くに落ちていた石を使って、製作スキルで屋根のない小さなサイロの模型を作る。

機密性などの難しいことを考えなくていいので、一瞬で作れるのだ。

直径も高さも本物の十分の一程度だ。

金属を使っている場所は省略してある。

「みんな見て」

「おお？」『すごい」

「わふ」

「ぶぶい」『べーむ」

仰向けだった子供たちがお座りして、模型を見る。

メエメエとカヤネズミ、ストラスも模型を見に来た。

「ここに草を積んでいくんだが、草の代わりに土を入れよう」

上から、近くにあった土を入れる。

「こうやって上から草を積んでいくだろう？」

「うん」

「そして、下から取り出すと……」

実際に二つある取り出し口の下の方から土を取り出す。

「こう、草は斜面を作ることになる。これは土だが、草も同じだ」

「ほうほう」

「この中に入ると……」

指先ほどの大きさの小石を中にぽんと入れる。

土の斜面が崩れて、小石は見えなくなった。

「こんな風に、生き埋めになる」

「いきうめ……」

「運が悪ければ死ぬ。だから近づいたらだめ」

「わかた」

『わかった』『ちかづかない』『はいらない』

「ぶぶい」『べむ」

子供たちはわかってくれたようだ。

「大人もだぞ。危険だから中で作業するときは一人でやったらダメだし、気をつけないといけない」

「わかった」

ジゼラもわかってくれたようだ。

これで、ひとまず安心である。

「メエメエ、それにストラスも、ヤギたちとフクロウたちにもサイロで遊んだらだめと伝えてくれ」

「めええ〜」

「ほっほう！」

「カヤネズミは……」

「ちゅきゅ」

「そうだな、遊ばないよな。でも念のために伝えておいてくれ」

「ちゅっちゅ」

この場にいる飛竜《ひりゅう》やボアボアも危険性を理解してくれたことだろう。

「あとは陸ザメと……冒険者たちだな」

俺はヤギたちの小屋で寛いでいた陸ザメたちにもサイロの危険性を説明した。

その頃には、ヤギたちは屋根に登って遊んだりし始めた。

「屋根は……ヤギ以外は危ないから気をつけて。特にクロ、ロロ、ルル」

『のぼらない！』「ぁぅ」『わかった』

「べムべムとボエボエも」

「べむ！」『ぶぶい」

そして、みんなにサイロ内に草を入れる方法も教えた。

模型がとても役に立った。

サイロに草を入れるのは、あとで暇な冒険者たちに手伝ってもらってやればいいだろう。

説明が終わると、ジゼラが、

「テオさん、この模型どうするの？」

「使わないから、そのあたりに放っておけばいいんじゃないか？」

機会があれば、石材として使えばいい。

そう思ったのだが、

「そうなんだ？　じゃあ、貰《もら》っていい？」

「いいけど、いるか？」

「いる！」

「じゃあ、あげよう」

「やった！」

ジゼラは大事そうに模型を両手で抱きしめるように手に取った。

18 拠点に戻ろう

Hennaryu to moto yuusha party zatsuyougakari shintairiku de nonbiri slowlife

次はいよいよ暖炉《だんろ》の製作だ。

俺《おれ》はみんなに告げる。

「暖炉の製作作業に入るから、一旦《いったん》拠点に戻るよ」

「ぶぶい！」『べむべむ」

ボエボエとベムベムはついてきたいらしい。

「もちろん、見学してもいいよ、面白《おもしろ》くないかもしれないけど」

「ぶっぶい」『べえむう」

「テオさん。赤い石だね！」

なぜかジゼラが張り切っている。

「そうだな。もう一時間ぐらい経《た》っているだろうし」

正確な時刻はわからないが、そのぐらいは経過しただろう。

「ヤギたちはどうする？」

二十頭全員で来られると大変だが、数頭なら大丈夫だ。

「めええ～」

「ああ、そっか。子ヤギを迎えに行くのか」

「めえ」

「大丈夫か。誰《だれ》か護衛をつけた方がいいんじゃないか？」

飛竜《ひりゅう》か暇な冒険者が一緒に同行すれば、子ヤギの移動も安全だろう。

「めえ！」

「大丈夫か。まあ、それはそうなんだろうけど……」

そもそも、子ヤギといえど、普通に外で暮らしているわけで、ただ歩いてくるだけで危険などないと言う。

「めえ？」

「うーん、念のためにぼくはついていくよ」

メエメエはジゼラに「本当にいいのか？　暖炉作りが楽しみなんじゃないのか？　危険などほとんどないし、気にしなくてもよいのだぞ？」と言っている。

「もちろんいいよ。子ヤギが怪我《けが》したりしたら、後悔するし。赤い石も暖炉も、これからは毎日見られるだろうし。ね、テオさん」

「ああ。そうだな。冬は毎日稼働するはずだ」

「うん。メエメエ、行こっか」

「めえ～」

「がう？」

「うーん、飛竜はついてこない方がいいかも。子ヤギが怯《おび》えるし」

「がう」

「じゃあ、また後で」『めえ～』『ちゅちゅー』

ジゼラとメエメエとその背にのるカヤネズミは、ゆっくりと歩いていった。

それを見送って、

「じゃあ、俺も一旦、拠点に戻るよ」

「ぶい」『がお」

「うん、ボアボアと飛竜、頼んだよ。何かあったら、拠点のどこかにはいるから」

「ぶぶ～い」『がぁお」

そして、俺は拠点へと歩いていく。

ヒッポリアスとピイ、ケリー、フィオ、シロ、子魔狼《こまろう》たちは一緒だ。

ボエボエとベムベムも、赤い石に興味があるらしくついてくる。

「ぴい～?」

「ありがとう、疲れがとれるよ」

ピイのマッサージは本当に効く。

全身の疲労感や肩の凝りが癒えていく。

「いくらピイのマッサージがあっても、さすがに疲れないのか?」

ケリーが心配してくれる。

「まあ、大丈夫だよ。サイロは少し疲れたけど」

ヤギたちの家はヒッポリアスやボアボアの家と基本構造が同じだ。

だから、慣れてコツを掴《つか》んでいるのであまり疲れない。

だが、サイロは初めて作る種類の建築物だったので、いつもより疲れた。

「じゃあ、暖炉の製作も疲れるんじゃないか？　初めてだろう？」

「そうだな。だけど、かまどと方向性は似ているし大丈夫だろう」

「そうか。無理はしないようにな。明日寒波が来るわけでもないのだし」

「うん。わかってる」

そんな会話をしていると、

「だんろーだんろー」

「きゅおきゅお！」

フィオとヒッポリアスが楽しそうにはしゃぎ回っている。

ぐるぐる回りながら、俺たちの先頭を進む。

「わうわぅ」「……ぁぅ」「わふ」

子魔狼たちは、フィオとヒッポリアスの後ろをかけてついていく。

まさにコロコロといった様子である。

その少し後ろをシロがついていく。

子供たちは相変わらず元気だ。

先ほどまで子魔狼たちは眠っていた。

だが、ボエボエとベムベムは昼寝していない。

ボエボエは俺の隣を歩くケリーに抱っこしてもらっていた。

そして、ベムベムは右手でスコップを持ち、左手で俺の右手を握っている。

「ぶい?」『べむ?」

「ボエボエとベムベムは眠くないか?」

「ぶぶい!」『べむ!」

ボエボエとベムベムは眠くないと言っている。

しかし、いつ眠くなるのかわからないのが、子供というものだ。

「そっか、眠くなったら寝ていいぞ」

「ぶい!」『べぇむ!」

子供たちのことは注意して見てあげた方がいいだろう。

「ボエボエは、ケリーに懐いているな」

「そうだね。元々人懐こいんだと思うよ」

「ぶいー」

ボエボエはキマイラの子供だ。

だが、猪の子供、うり坊にそっくりなのだ。

そんなボエボエは、ケリーの胸に鼻をくっつけて、ふごふご言っている。

「そういえば、ボアボアにお乳を貰《もら》う話があったな。ケリーはどう思う？」

乳があれば料理の幅が拡がる。

チーズやバターも作ることができる。

昨日、収穫した燕麦《えんばく》と組み合わせれば美味《おい》しいパンを作れる。食生活が豊かになるだろう。

「ボアボアの体調はもう万全だな。乳搾りしても何の問題もなさそうだ」

「そっか、じゃあ。あとで乳を分けてもらおうか」

ボアボアの了承はもう貰っている。

ボエボエの乳離れが急速に進んで。ボアボアは少し乳が張って痛いらしい。

「ふご……ぶい」

「……」

俺はケリー相手にふごふご言っているボエボエを見る。

ボエボエは肉が旨《うま》いから、母乳はもういいと言っていたが、本当はまだ乳離れしたくないのではなかろうか。

「ふむう」

ボエボエが母乳も飲みたい気分になったのなら、俺たちが分けてもらう量は控えめにすべきだろう。

あくまでも、ボアボアの母乳は、ボエボエのためのものなのだ。

「ぶい？」

「なんでもないよ」

「ぶぅい」

楽しそうなボエボエは元気に鳴いた。

19 赤い石の性能

子供たちも一緒なので、少しゆっくりめに拠点へと歩いていく。

ゆっくりでも、ボアボアの家エリアと拠点は近いのですぐに到着する。

「だんろーだんろー……だん……ろ?」

「きゅ……きゅお?」

先頭を歩いていたフィオとヒッポリアスが、足を止めた。

「しろい!」

「きゅお!!」

フィオとヒッポリアスが見ているのは、白くなって、ものすごく高熱になった赤い石だ。

もはや赤い石ではなく白い石である。

それをヴィクトルとイジェと三人の冒険者が囲んでいた。

「ほう、凄《すご》いな、クロ、ロロ、ルル、近づいたらだめ」

『わかった』「ぁぅ」『ちかづかない!』

子魔狼《こまろう》たちはそう言うが、赤い石に対する興味を隠し切れていない。

油断したら、匂《にお》いを嗅《か》ぎにいきそうだ。

「シロ、フィオ。クロ、ロロ、ルルをあまり近づかせないように頼む」

「わかた！」

「わふ」

「ボエボエとベムベムも、近づいたらだめだよ」

「ぶい！」「べむう！」

「このあたりから、近づいたらだめ」

赤い石から三メトルぐらい離れた地面に足を使って線を引く。

「ぶぶい！」「べむ」

俺《おれ》はベムベムの手を離して、頭を撫《な》でる。

「ベムベムはケリーと一緒に居てくれ」

「べむ！」

俺が赤い石に近づくと、ヴィクトルが笑顔で尋ねてくる。

「テオさん、あれはサイロですか？」

「ここからも見えるか？」

俺は後ろを振り返った。

木々の向こうにサイロの上部が見えた。

「おお、見えるな。たしかにあれはサイロだ。だが見よう見まねなんだ。上手《うま》く機能するかどうか」

「機能すれば、冬季の陸ザメたちとヤギたちの食事が助かりますね」

「そうなんだが、どちらにしろ、今年は難しいかもなぁ」

「サイロ、ミタイ！」

「そっか、イジェもあとで見に行こう」

「ウン！」

俺たちの会話を聞いていた冒険者の一人が言う。

「俺の地元にもサイロはあったなぁ、懐かしい」

「そうか、もしよかったら、あとで見て問題点とかあったら教えてくれ」

「任せろ！　と、いっても俺はサイロの使用者側で、製作側じゃないから、アドバイスは難しいが」

「それでもいいさ。よく知っている人の感想は役に立つ」

「そっか！　任せろ！」


サイロの話が終わったら、赤い石の調査だ。

そして、俺は赤い石に手をかざす。離れているのに温かい。

「かなり高温になるんだな」

「うん。サムイフユでも、アンシン」

「いつから、この状態なんだ？」

「そうですね。十分前ぐらいでしょうか？」

「そのグライ！」

やはり、魔力を込めてから本領を発揮するまで、一時間はみた方がいいらしい。

「イジェ、この状態が一日続くのか？」

「うん。ツヅく」

「テオさん、どうですか？　薪《まき》の代わりに使えますか？」

「そうだな……。多分使えるが、念のためにもっとよく調べてみよう」

「お願いします」

これだけの熱量を出しているならば、充分家を暖めてくれるだろう。

だが、結論を出すためには、鑑定スキルを使ってしっかり調べた方がいい。

俺は発熱する赤い石に鑑定スキルをかけた。

「おお、充分熱いな」

「具体的にはどのくらいですか？」

「……そうだな。アルミニウムなら融けかねないな」

「おお、それはすごい。ならば暖炉《だんろ》の材料も気をつけなければいけませんね」

「だが、洗面所の製作に使った、鉄、クロム、ニッケルの合金ならいける」

「優秀な合金なんですね」

「ああ、配合比率次第だが、鉄よりも融点が高いからな」

「テオさん、アカイイシのセイノウはどうかな？」

イジェは、なぜか少し不安そうに首をかしげている。

「素晴らしいよ。まず熱が充分高い。そして何より、輻射熱《ふくしゃねつ》が多い」

「フクシャネツ？」

「なんと説明すればいいか……」

俺は考える。

少し離れた場所にいるフィオたちも真面目《まじめ》な表情でこちらを見ている。

フィオやシロ、ヒッポリアスたち、子供にもわかるように説明した方がいいだろう。

俺は赤い石に手をかざす。

「こうやると、触れてないのに暖かさを感じるだろう？」

「カンジる」

「かんじる！　ごはんつくるとき、かまどもそんなかんじ」

「そう、フィオの感じたそれも輻射熱」

「きゅおー」『わふ』

ヒッポリアスとシロも理解したらしい。

子魔狼たち、ボエボエとベムベムは、何も言わないが、なんとなくわかっているっぽい気配を感じる。

「その暖かいのは、熱源の素材と表面の状況によって伝わりやすさが変わるんだが……、赤い石の伝わりやすさはかなりいい」

「イイって？」

「部屋が暖かくなりやすいってことかな」

「ソッカ。ヨカッタ」

赤い石の性能がわかったので、次は暖炉の構造だ。

「ちなみに、イジェの村の暖炉は、どういう構造だったんだ」

「んーっと。ヘヤのカベゾイにあって……」

「それは旧大陸の暖炉と同じですね」

ヴィクトルがうんうんと頷《うなず》いている。

「アカイイシのマワリに、キンゾクのカガミをおいてた」

「鏡か？」

「そう。カガミ。コレが、アカイイシだとすると、コンナかんじで」

イジェは赤い石に見立てた、小石の周りに半月状の線を引いた。

「壁側に鏡か」

「そう。アッタカイのがカガミでハンシャして、ヘヤのナカがコウリツよくアッタカクなる」

「なるほど、輻射熱を反射させるのだな。理にかなっている」

少し離れたところで、子供たちと一緒に話を聞いていたケリーが頷いていた。

20

走るヒッポリアス

イジェの村で採用されていたならば、鏡は有効なのだろう。

それにケリーも理にかなっていると言う。

輻射熱《ふくしゃねつ》を反射すれば、きっと熱効率がいいのだろう。

旧大陸には鏡で反射する暖炉《だんろ》はなかった。

知らないものを作れるのは、製作者冥利《みょうり》に尽きる。

「とはいえ……」

俺《おれ》は少し考える。

素材は何なのか、角度はどのくらいが最適なのか。

構造はどうすればいいのか。

とても気になる。

「金属の鏡の現物が見たいな」

「テオさんは、何度もイジェの家に行っただろう？　見てないのかい？」

「多分。目にしていると思う。だが鑑定はしていないからな」

人のものを勝手に鑑定するのは、とても失礼な行為とされている。

実際にやっても、滅多にばれることはない。

だが、バレなければいいというわけではないのだ。

「テオさん、イジェのムラにいってみる？　ノコリのアカイイシもトリにいきたいし」

村には赤い石が全部で五十個あったが、今イジェが持ってきてくれているのはそのうちの十個だと言う。

「助かるが、甜菜《てんさい》作りは大丈夫か？」

俺はそう言いながら、甜菜作りの工程を考える。

経過時間から推測すると、

「今は甜菜を取り出して、灰汁《あく》を取りながら煮詰める工程かな？」

「うん。ソウ。もうムズカシイトコロはないし、アーリャたちがミテクレテいるし」

「そうか、じゃあ、お願いしようかな」

「うん！　イッショにいこう！」

「じゃあ、ヴィクトル、みんな、少し行ってくる」

「はい、待ってますよ」

出発する前に、赤い石に誰《だれ》かがぶつからないようにした方がいいだろう。

転んで、顔から突っ込んだら大やけどだ。

俺は製作スキルを行使する。

素材はそのあたりにあった、土と石だ。

それで、赤い石を囲む簡単な柵を作っておく。

「これで、うっかり突っ込む奴《やつ》はいないだろう」

「きゅお」

子供たちが通れないように、柵の隙間《すきま》を狭くするのは忘れていない。

「ヴィクトル、サイロの他にヤギたちの家も建てておいた。あとで確認しておいてくれ」

「わかりました。昨日おっしゃってたやつですね」

「そう。あとヤギの群れには、生まれたばかりの子ヤギが一頭いるらしくてな」

「ほう、昨日いなかったのは警戒してですか？」

「その通りだ。今朝《けさ》ジゼラたちと周囲の偵察を改めてして、安全が確認できたから連れてくるみたいだ」

「それは、素晴らしい」

「ちなみにジゼラはメエメエと一緒に子ヤギを迎えに行ってる」

「わかりました。あとで挨拶《あいさつ》に行ってきます」

「頼む」

子ヤギと聞いて、冒険者たちも目を輝かせていた。

ヤギは大人でも可愛《かわい》いが、子ヤギのかわいさは格別なのだ。

「ヒッポリアス……」

「きゅおっ！」

何も言っていないのに、ヒッポリアスは大きくなってくれた。

「ありがとう。イジェの村まで連れて行ってくれ」

『きゅお！　まかせて！』

「ヒッポリアス、オネガイ」

「きゅうおー」

そして、俺はヴィクトルたちに言う、

「とりあえず、急いで行ってくる。そんなにかからないはずだ」

イジェは「ダイジョウブ」と言うが甜菜の作業もあるし、なるべく急いだ方がいいだろう。

「はい、お任せします」

「フィオ、シロ、ここは任せた」

「まかされた！」

「わふ！」

すると子魔狼《こまろう》たちが、ヒッポリアスの足に、自分の前足を乗せた。

『いく』「ぁぅ」『のせて』

「うーん、クロ、ロロ、ルルも来たいのか？」

「「わふ」」

おねだりする姿が可愛いので、少し迷った。

だが、子魔狼たちはそろそろまたお昼寝の時間である。

それに子魔狼たちを連れて行くとなると、ボエボエとベムベムもついてきたがるだろう。

そうなると、結構大変だ。

「クロ、ロロ、ルル。今回はフィオとシロと一緒に留守番を頼む」

「ぴぃー」

クロが不服そうに鼻を鳴らした。

「また、あとで遊んであげるから」

「くぅーん」

俺は子魔狼たちの頭を順番に撫《な》でる。

「ぶい」『べむ」

「ボエボエとベムベムも留守番を頼むな」

「ぶぶい！」『べべむ！」

ボエボエはふんふんと鼻息を荒くして、任せろと言っていた。

ベムベムは両手をぶんぶんと縦に振って、任せろと言っている。

「じゃあ、またあとでね」

俺はヒッポリアスの背に乗り、イジェの手を取って引き上げる。

「アトデね！」

「ヒッポリアス、イジェの村までお願い」

『まかせて！　きゅうおおおお』

ヒッポリアスは力強く走り出す。

「きゅおー」

「いつもより速いな！」

「きゅおきゅおー」

ヒッポリアスはとても楽しそうだ。

力強く地面を蹴《け》って、加速していく。

「フワァ。キャアー」

「怖いか？」

「ダイジョウブ！　タノシイ！　キャアー」

「きゅうおー」

ヒッポリアスの高速移動をイジェも楽しんでいるようだ。

叫んでいるが悲鳴ではない。子供がよく上げる遊びの叫びだ。

『ておどーる！　しっかりつかまってて！』

「わかった」

ヒッポリアスは俺にイジェが落ちないように気をつけろと言いたいのだろう。

俺はイジェが落ちないように、しっかりと腰のあたりを摑《つか》む。

次の瞬間、

「きゅうぅおぅー」

ヒッポリアスは跳んだ。

いつもは迂回《うかい》している高さ三メトルぐらいある崖を、高速で走ったまま飛び降りたのだ。

ふわっという浮遊感を覚える。

「キャアアー」

イジェの叫びも楽しそうで何よりだ。

子供はよく叫ぶ。

いつもしっかりしているが、イジェも子供なのだ。

たまには叫ばせてあげた方がいいのかもしれない。

フィオもヒッポリアスの背中に乗せてあげた方がいいだろうか。

そんなことを考えた。

「きゅうおおおお」

ヒッポリアスはそのまま高さ二メトルほどの崖に突っ込んでいく。

そして、ぶつかる直前、力強くぴょんと跳ねた。

「フギャアアア、ヒッポリアススゴイ！」

「きゅおー」

イジェが喜んだので、ヒッポリアスも嬉《うれ》しそうだ。

巨大な体で走って跳ねて、まっすぐにイジェの村へと走っていった。

21 イジェの村の跡地

Hennaryu to moto yuusha party zatsuyougakari shintairiku de nonbiri slowlife

『ついた！　きゅうお～』

イジェの村の前で、ヒッポリアスは急に止まった。

ズザーッと音を立てて、急制動したのだ。

「ありがとう、ヒッポリアス。さすがだな。とても速かったよ」

「きゅうおきゅおー」

ヒッポリアスが高速で走ってくれたおかげで、あっという間だった。

拠点から、十分とかからなかったように思う。

俺《おれ》はヒッポリアスの背中から降りる。

「ヒッポリアス、アリガト。タノシカッタ」

「きゅうお～」

ヒッポリアスの尻尾《しっぽ》が激しく揺れている。

「イジェ、手につかまって」

「アリガト」

俺はイジェの手を引いて、ヒッポリアスの背中から降ろす。

「ファッ」

イジェはヘロヘロになって、ひざが笑っていた。

これまでに体験したことのない高速移動と、上下移動だったのだろう。

俺はイジェを近くにあった切り株に座らせた。

「少し休もう。ヒッポリアスも疲れただろう？」

『ひっぽりあすは、だいじょうぶ！』

そう言うが、ヒッポリアスの鼻息は荒い。

『いじぇ、だいじょうぶ？』

「イジェ、大丈夫か？」

ヒッポリアスの言葉を通訳する。

「ダイジョウブ、タノシカッタ。でも、ビックリした」

「そっか」

「きゅうおー」

「よし、水でも飲んで一息入れよう」

俺が魔法の鞄《マジック・バッグ》からコップと皿を出して、水を入れると、

「きゅうおー」

ヒッポリアスは小さくなった。

小さい方が、喉《のど》の渇きを癒やすのに効率がいいのだ。

「はい、イジェ」

「アリガト」

イジェは水を飲み、ふーっと息を吐く。

俺は続けてお皿に水を入れてヒッポリアスの前に置いた。

「きゅおー」

勢いよくヒッポリアスは水を飲んだ。

走ったので、喉が渇いていたのだろう。

それを見ながら、俺も水を飲む。

「ピイも飲む？」

『のむ！　ぴい』

いつものように、ごく自然にピイは黙って俺にくっついている。

俺は自分の飲んでいたコップを肩に乗るピイの前に出す。

『……ぴい』

ピイは静かに吸い取るようにして水を飲む。

「ピイ、うまいか？」

『うまい！』

そう言って、ピイはプルプルした。

勢いよく水を飲み終えてから、ヒッポリアスはイジェの顔をペロリと舐《な》めにいく。

俺は黙ってヒッポリアスのお皿に水を追加で入れた。

「アリガト、ヒッポリアス。シンパイしてくれてるの？」

「きゅおー」

「ダイジョウブ。ビックリしたけど、タノシカッタ。カエリもオネガイね」

「きゅお！」

ヒッポリアスはイジェのひざが笑っているのを見て、やりすぎたと思ったのだろう。

あくまでも、ヒッポリアスはイジェと俺を楽しませようと走ったのだ。

そして、イジェが「キャアー」と喜ぶので、つい加速した。

結果、あまりに速く走りすぎて、イジェの体がびっくりしてしまっただけである。

「ケリーとか子魔狼《こまろう》たちが乗っているときは、ゆっくりめにな」

『わかった！　ふぃおは？』

「フィオは、様子を見てだな。速く走った方がフィオも喜びそうだし」

怖がっていたら、やめた方がいいだろう。

『わかった！　きゅおー。……ておどーるとぴぃは？』

「ん。俺は楽しかったよ」

『たのしい、ぴぃ』

ピイはプルプルする。

『そっかー、きゅーおー』

ヒッポリアスは俺の足に体をこすりつける。

俺はそんなヒッポリアスを抱き上げた。

「きゅうお～」

ヒッポリアスは俺の顔に顔をこすりつけてくれた。

それから、ヒッポリアスを地面に降ろすと、先ほど皿に入れた水を勢いよく飲む。

あっという間に飲み干した。

「ヒッポリアス、よほど喉が渇いていたんだな」

「きゅお！」

「もっと飲むか？」

『だいじょうぶ！　もうかわいてない』

「そっか。遠慮はするなよ」

「きゅお！」


その後、しばらくゆっくりした。

急いで行ってくると、ヴィクトルたちに言ってある。

だが、ヒッポリアスが走ってくれたおかげで、予定より早く着けたから、時間には余裕があるのだ。

「サテと……」

ヒッポリアスの背中から降りたときから五分ぐらい経《た》ったとき、イジェがゆっくり立ち上がる。

「もう大丈夫か？」

「ウン！　アリガト」

「じゃあ、暖炉《だんろ》のある場所に案内してくれ」

「ツイテきて」

イジェを先頭にして俺たちは村の中を歩いていく。

「何回も来たけど……やっぱりいい村だな」

「ソウ？」

「ああ、建物も高い技術で建てられているし、村の建物の配置もよく考えられているし」

「ソッカ」

イジェは少し照れたように、微笑《ほほえ》んだ。

イジェが案内してくれたのは、イジェが住んでいた家だった。

以前も案内してもらったことがあるので覚えていた。

「どうぞ。テキトウにスワッテ」

「ありがとう」『きゅおー」

「ダンロモッテくるから、マッテテ」

「手伝わなくていいのか？」

「ダイジョウブ」

どうやら、イジェの村で使われていた暖炉は軽いらしい。

俺とヒッポリアスは、居間に置いてある椅子《いす》に座った。
机や椅子には埃《ほこり》がうっすらと積もっている。
立派なしっかりとした家なのに、少しずつ朽ちつつあるのだ。
人が住まなくなった家は朽ちるのが早いという。
それが、とても残念でもったいなく感じた。

22 イジェの村の暖炉

俺《おれ》とヒッポリアスが椅子《いす》に座っていると、

「ぴぃ～」

俺の肩から、ピイが机の上に飛び降りた。

「どうした？　ピイ」

「きゅお？」

俺の隣の椅子の座面にお尻《しり》を乗せて、背もたれに背中を預けているヒッポリスが首をかしげる。

ヒッポリアスが人みたいな体勢で座るのは無理があると思うのだが座りたいらしい。

後ろ足はピンと伸ばし、前足を机の上に乗せて、体重を支えていた。

「ヒッポリアス……」

「きゅお？」

ヒッポリアスは楽に座りたいのではなく、俺の真似《まね》がしたいのかもしれない。

「なんでもない。それで、ピイはどうした？」

『そうじする？』

「掃除か、少し待ってくれ」

俺は大きな声で家のどこかにいるイジェに尋ねる。

「イジェ、ピイが掃除してくれるみたいなんだが、構わないか？」

もしかしたら、掃除することで、思い出まで消えてしまうと、イジェが思わないか心配したのだ。

「アリガトー。タスカルー」

少し離れたところから、イジェの声が聞こえた。

「ぴい～」

その返事を聞いて、ピイが掃除を開始する。

平べったくなり、高速で動き始めた。

ピイは自分の体が触れた汚れを全《すべ》て食べているのだ。

カビや虫の卵なども食べていく。

「相変わらず凄《すご》いな」

「ぴい！」

『きれいになってる！　きゅおー』

俺の真似をして座るのに疲れたのか、ヒッポリアスは俺のひざの上に移動した。

そんなヒッポリアスを抱っこする。

「わっ、キレイ！」

戻ってきたイジェも驚いている。

「ぴい～」

「アリガト、ピイ」

「ぴい〜〜」

お礼を言われて、ピイは嬉《うれ》しそうだった。

机の上に戻ってきたピイのことを撫でてから、イジェは机の上に、

「テオさん、これがダンロ」

といって、金属製の箱のような物を置いた。

「なるほど。イジェたちの暖炉《だんろ》はこういう構造か」

「そう！」

「やっぱり、俺たちの暖炉とは全然違うな」

「うん」

イジェの村の暖炉は縦横高さがそれぞれ二分の一メトルの立方体だ。

立方体の一面は、細い金属が縦に並んでいる。

目の粗い檻《おり》のような感じだ。

そして、背面の上部に耳のように二つ穴の開いた金属が飛び出している。

きっと、その部分に釘《くぎ》を打って、壁に固定するのだろう。

そして、檻は開閉が可能になっている。

「ヒバシで、オリをあけて、アカイイシをだしいれする」

「ヒバシってなんだ？」

「これ」

イジェは魔法の鞄《マジック・バッグ》からヒバシを取り出した。

しっかりとした金属で作られた二本の棒だ。

「コウする」

イジェは、そのヒバシを使って器用に留め金を外して檻を開けた。

「アカイイシはこうやってイレル」

実際に、ヒバシで掴《つか》んだ赤い石を暖炉の中央に入れる。

「赤い石の頂点にあった輪っかは、そうやって使うのか」

「そう」

イジェは正四面体の赤い石の頂点にある小さな輪に金属の棒を差し込んでいた。

その輪があることで、金属の棒で簡単に扱えるようになっているようだ。

「赤い石は二個使うんだよな」

「そう。アサとユウガタにマリョクをこめて、コウカンする。ジッサイにやってミセルね」

「きゅお！」

イジェは赤い石を取り出すと、

「まずアサ、アカイイシにマリョクをこめて、ダンロのナカにおく」

「ふむふむ」「きゅおきゅお」

ヒッポリアスが目を輝かせて説明を聞いている。

ヒッポリアスがヒバシを使うのは難しいと思うのだが、気にしていないようだ。

「ユウガタ、マリョクをこめて、もうイッコ、おく」

イジェは二個目の赤い石を暖炉の中に置いた。

二個の赤い石は、少し離して、横に並べて置くらしい。

「ふむふむ」「きゅおきゅお」

「ツギのヒのアサ。キノウのアサにマリョクをこめたアカイイシがツメタクなっているから、トリダス」

イジェは最初に暖炉に入れた赤い石を取り出した。

「そして、マリョクをこめてモドス」

もう一度、赤い石を暖炉の中に入れる。

「なるほど、そうやって一基の暖炉につき、二個の赤い石で運用するのか」

「そう」

「取り出したとき、隣の赤い石は熱いだろう?」

「うん」

「取り出した赤い石は熱くないのか?」

「アツクないよ」

「そうなのか。それなら大丈夫か」

「うん。さめたアカイイシ、アカクなってるからマチガエないよ」

「なるほど。それは便利だ。あとで皆にも説明してやってくれ」

「マカセテ！」

実際の暖炉の使い方はわかった。

次は暖炉の構造を調べなければならない。

檻のようになっている部分と天井《てんじょう》以外の内側は鏡のようにキラキラしている。

「天井部分は……キラキラしていないんだな」

「ウエホウコウもアッタメルから」

「なるほど。床部分は？」

「イエのユカがモエナイように」

「ほほう」

赤い石は全方位に熱を輻射する。

下に向かう輻射熱《ふくしゃねつ》を防がなければ、建物の床が燃えてしまうということだろう。

「檻部分の反対側を、壁にくっつけるわけだな」

「そう」

「なるほど。構造はわかった」

立方体の内側六面の内、正面と上面を除く四面を鏡のようにするのだ。

それで熱を前方へ輻射させる。

「側面の鏡の角度も計算されているんだよな」

「うん、タブンそう」

側面の角度は少し斜めになっており、より前方に熱を輻射しやすいようになっていた。

「材質を調べたいな。鑑定スキルを使っていいか？」

「モチロン」

「ありがとう」

イジェから了解を貰《もら》ったので、暖炉に鑑定スキルをかけることにした。

23 暖炉の使い方

鑑定スキルを使えば、すぐに材料の組成がわかった。

「外側の主成分はアルミニウムだな」

アルミニウムは鉄よりも軽い。

軽いからこそ、イジェが一人で持ち運びできたのだ。

「アルミニウムだけだと融点が低いし、強度も不安だ」

「うん」

「それを鉄とオリハルコンの合金にすることで、頑丈で熱にも強くしてある。なるほど、勉強になる」

イジェの尻尾《しっぽ》がゆっくりと揺れている。

「そして鏡部分は鉄が主成分の合金だな」

「ツクルのムズカシイ?」

「難しくないよ。俺《おれ》が作った鉄、クロム、ニッケルの合金に似ている」

「そっか」

「それにミスリルを少し混ぜている。この比率の方が熱に強いんだろう。やはり勉強になるなぁ」

「そう?」

「ああ、イジェの村の金属加工技術は非常に高いな」

「そっかぁ」

イジェの尻尾の動きが激しくなった。

村が褒《ほ》められて嬉《うれ》しいのかもしれない。

「そして、このヒバシは……。アルミニウムと鉄とオリハルコンの合金か」

暖炉《だんろ》の外側の組成とそっくりだ。

だが、外側の金属よりも、耐熱より硬さを重視しているらしい。

軽いのに、曲がらず、扱いやすそうだ。

「テオさん、イジェのムラのダンロ、つかえそう?」

「もちろん、このままでも使えるが……」

「ジャア、トッテクルよ!」

「いいのか?」

「モチロン! ミンナのモノだから」

「そういえば、そうだったな」

農具や衣服を貰《もら》ったときにイジェから説明された。

イジェの村において、所有権があるのは家屋だけなのだ。

それ以外のものには使用権があるだけ。

だから、暖炉の所有権は村全体にあり、当然イジェのものでもある。

今、各戸に置かれている暖炉には所有者がいないので、所有者の一人であるイジェが自由にしていいのだ。

「じゃあ、頼む、助かるよ」

「ウン！　マジック・バッグかして！」

「はい。どうぞ。頼んだ」

「うん、イッテくるね！」

イジェは魔法の鞄《マジック・バッグ》を持って走っていった。

家屋は亡くなった村人の所有物。

だから、所有者に立ち入り許可を貰《もら》っていない俺たちは入れない。

旧大陸の常識とは違う常識だが、イジェの村ではそうなのだ。

「きゅおー」

「ヒッポリアスも暖炉が気になるのか？」

『きになる！』

俺はヒッポリアスと一勝に暖炉を触って調べて、イジェを待った。

「そういえば」

「きゅお？」

「イジェ、どんどん言葉が流暢《りゅうちょう》になるな」

「きゅうぉ～？」

ヒッポリアスとしては、元々イジェは流暢だという認識らしい。

「周りにいる人間が皆、旧大陸なまりだから、俺たちのなまりがうつっているんだろうな」

「きゅう～」

俺はそれが少し寂《さび》しかった。


十分ほど経《た》って、イジェが戻ってくる。

「はい、テオさん」

「ありがとう」

俺は魔法の鞄からイジェの村の暖炉と赤い石を取り出す。

赤い石は四十個、暖炉は十器あった。

村には十軒ほどの家があったので、一家に一つ暖炉があったのだろう。

そして、手作りだからか暖炉の形はそれぞれ微妙に異なっていた。

「アカイイシは、ツカッテなかったのもゼンブもってきた」

「おお、ありがとう。赤い石がこれだけあれば、安心だな」

イジェが既に拠点に持っていってくれた赤い石と合わせれば五十個だ。

「うん。コショウシテイルのもあるけど……」

「どれが故障しているんだ？」

見た目ではわからない。

「コレとか」

「ほうほう？」『きゅおきゅお？』

「このブブンが、コワレテいる。ハンニチしかアッタカクならない」

「持続力がなくなってしまっているのか。それでも半日持つなら役立つよ」

「うん、アトでなおすね」

「直せるのか？」

イジェが魔道具を直すことができるとは知らなかった。

「うん、カンタンなのダケだけど」

「凄《すご》いな、俺は魔道具は直せないんだ」

「テオさんなら、スグにイジェぐらいナオセルようになるよ」

「そうかな？」

「キョテンにカエッタラ、ナオシテみるね」

「そのときは呼んでくれ。見学したい」

「ワカッタ！」


俺とイジェは手分けして、一度出した暖炉と赤い石をもう一度魔法の鞄に収納し直した。

『きゅうお～だんろあって、よかったね！』

「そうだな。大分《だいぶ》楽になるよ」

俺は拠点にある暖炉を設置すべき建物を思い浮かべる。

まず、ヒッポリアスの家とボアボアの家、ヤギの家に一基ずつ計三基。

それに冒険者たちの宿舎が五棟に一基ずつで計五基。

今は使われていないが病舎にも暖炉はあった方が良いだろう。

冬季に、暖炉のない病舎に、病人を入れたら死にかねない。

病舎にも暖炉は一基いる。

食堂兼キッチンには二基欲しい。

皆が利用する食堂は暖かい方がいいし、食事を準備する場所も暖かい方がいいに決まっている。

「問題はお風呂《ふろ》とトイレだな」

「おフロはアッタカイ」

「でも、脱衣所は寒いからな」

「フムー」

「拠点のお風呂場にもいるかな」

「ボアボアたちのオフロは？」

俺は少し考えた。

ボアボアたちのお風呂場は、ボアボアの家とヤギたちの家に隣接している。

扉を開ければ、すぐお風呂場だ。脱衣所はない。

「まあ、脱衣所はボアボアの家とヤギたちの家みたいなものだし」

「ソダネ」

「お風呂場は暖かいし、必要ないかな」

「ウン」

ここまでで十二基だ。

「……二基作るだけでいいのか。すごく楽になるよ」

「ヨカッタ！」

「きゅうおー」

「あとは、子供たち対策の柵を作ろうかな」

「ツッコンだら、アブナイものね」

「そうなんだよ」

冒険者たちの宿舎には大人しかいないので、柵は必要ないかもしれない。

だが、ヒッポリアスの家やボアボアの家、ヤギの家には柵は必要だ。

それに食堂とキッチン、風呂場にも柵を用意した方がいいだろう。

「子供は何するかわからないからな」

「ワカラナイネ！」

「きゅおきゅお」

自分たちも子供なのにイジェとヒッポリアスが「本当に子供は大変だ」と頷《うなず》いていた。

24 製作すべきもの

Hennaryu to moto yuusha party zatsuyougakari shintairiku de nonbiri slowlife

俺《おれ》は作るべきものについて考えた。

「……イジェ、ヒバシはいくつあるんだ？」

「ニジッぽん」

「つまり十組だな」

「そう」

「作るべきは暖炉《だんろ》二基と、ヒバシ四本だな、いや、予備を作るためにも暖炉は三基作ろうか」

「ヨビ？」

「そう、念のために。それにヒッポリアスの家、ボアボアとヤギの家は大きいからね」

「そか。ダンロもオオキクする？」

「その予定だ」

大きい暖炉にして、赤い石を三個入れられるようにすれば、とても寒い日でも安心だ。

「アト、コドモヨウのサク！」

「そうだな。柵は六セットかな」

製作するものが決まった。

あとは拠点に戻って、実際に作ればいい。

「じゃあ、戻ろうか」

「うん！」

「きゅうお！」

「イジェ。やり残したこととかないか？」

「ダイジョウブ！」

「そっか、まあいつでも来られるしな」

「うん」

そして、俺とピイとヒッポリアス、イジェとフィオは家の外に向かう。

「ヒッポリアス、マタオネガイネ」

『きゅおー。はやいの？』

「イジェ、ヒッポリアスが速く走って欲しいのか聞いているよ」

「うん！　アレはタノシイ」

「きゅうおきゅうお」

嬉《うれ》しそうに鳴くと、ヒッポリアスは大きくなった。

俺たちが背に乗ると、ヒッポリアスは走り出す。

「きゅううおおおお〜〜〜」

行きよりも速いぐらいの勢いで、ヒッポリアスは走ってくれた。

「キャアアア！」

「きゅおきゅおぅ」

イジェはとても楽しそうに絶叫し、ヒッポリアスははしゃぎながら、走ってくれた。

ヒッポリアスが速いので、あっという間に拠点に着く。

ヒッポリアスから降りると、イジェはぎゅっと抱きついた。

「アリガト、タノシカッタ、ヒッポリアス」

「きゅうおー」

ヒッポリアスも嬉しそうに鼻の先でイジェをつんつんする。

二度目で慣れたのか、イジェのひざは笑っていなかった。

「ヒッポリアス、乗せてくれてありがとう」

『きゅおー、なでて』

「おお、いいよ。ありがとうなヒッポリアス」

俺は大きなままのヒッポリアスをしばらく撫《な》でた。

「水を飲め、ヒッポリアス」

『のむ〜』

小さくなったヒッポリアスに水を飲ませていると、ヴィクトルがやってくる。

「テオさん。お帰りなさい」

「ただいま。暖炉も赤い石もたくさん貰《もら》ってきたよ」

「おお、イジェさんありがとうございます」

「ミンナもツカッテくれたほうがウレシイから。コチラこそアリガト」

イジュはちょこんと頭を下げた後、

「テオさん、ダンロとアカイイシとヒバシ、ヒトクミかして」

「もちろん。一組でいいのか？」

「うん。セツメイヨウ」

俺が暖炉一基と赤い石二個とヒバシ一組を渡すと、

「ヒマなヒト、ショクドウにきて！」

イジェは大きな声で叫んだ。

すると、食堂の窓から冒険者たちが顔を出す。

「暇な奴等《やつら》は、みんな食堂にいるぞ」

「ああ、食堂にいない奴は、作業中の奴だけだな」

冒険者たちはよほど酒が楽しみらしい。

酒など、今日明日できるものでもないというのに。

「アリガト、ダンロのツカイカタのセツメイするね」

そう言って、イジェは食堂に走っていった。

「ヴィクトル。ところでケリーとフィオたちは？」

「ヒッポリアスの家ですよ」

「お昼寝か？」

「ご明察の通りです」

シロはともかく子魔狼《こまろう》たちとボエボエとベムベムは幼いのでお昼寝が必要なのだ。

「子供たちが寝ている間に各戸に暖炉を配置しておくか」

「それがいいでしょう」

「最後にヒッポリアスの家の暖炉を作れば、みんなに見せてやることもできるし」

冒険者の宿舎などは、イジェの村から運んできた完成済みの暖炉を設置するだけ。

子供たちが見ても面白《おもしろ》くなかろう。

「……この、赤い石は、明日までこのままでいいか」

拠点中央には白く輝く赤い石が熱を発している。

「そうですね。それでいいでしょう」

「じゃあ、暖炉を各戸に設置していくぞ、まずは食堂からだ！」

「きゅお！」


俺とピイ、ヒッポリアス、ヴィクトルは、一緒に食堂へと向かう。

ピイは俺の肩から降りて、小さいヒッポリアスの背中に乗っていた。

「きゅう～」

「ぴぃ～」

「きゅおー」

ピイは、思いっきり走ったヒッポリアスにマッサージしてくれているのだ。

今のヒッポリアスは小さいので、ピイと大差ない大きさだ。

そんなヒッポリアスの背にピイが乗ると、

「なんか、不思議な生き物みたいだな」

「ぴぃ～?」「きゅぅお～」

ピイはふるふるして、ヒッポリアスは俺を見上げて首をかしげている。

のんびり歩いて、食堂に入ると、

「ア、テオさん」

たくさんの冒険者の前に立っていたイジェが笑顔で駆けてくる。

「説明の邪魔したかな?　すまない」

「ん、マダ、ハジマッテないから」

「そっか。食堂から暖炉を設置することにしたんだ。最初はイジェに見てもらった方がいいかと思って」

「ワカッタ」

俺とイジェが話していると、冒険者たちはヒッポリアスとピイに話しかける。

「お、ヒッポリアス、ピイにマッサージしてもらっているのか?」

「きゅうおー」

「いいなぁ」

「ぴい?」

ピイがその冒険者の腰にぴょんと飛び移る。

そして、マッサージを始めた。

「おお、おおおぉぉぉ……ふぇぇぇ」

「なんてだらしない顔だ」

「気持ちよさそう」

ピイにマッサージされた冒険者は口を開けて、よだれを垂らしている。

ピイのマッサージは気持ちがいいので、そうなるのも仕方のないことだ。

25 食堂への暖炉の設置

Hennaryu to moto yuusha party zatsuyougakari shintairiku de nonbiri slowlife

気持ちよさそうな冒険者を見て、他の者もうらやましくなったようだ。

「俺《おれ》にもしてくれ！　肩が痛いんだ」

「俺は腰だ！」

「ぴぃ～」

冒険者たちがピイにマッサージをねだっている間に、俺は暖炉《だんろ》の設置を進める。

「場所は……奥と手前、どちらがいいかな？」

「うーん、イリグチのチカクだと、アッタカくなったクウキが、すぐデチャウけど」

「でも、渡り廊下があるからな」

俺が食堂を含めた各戸を渡り廊下で繋《つな》げたのだ。

暖かい空気が食堂から外に出ても、廊下にとどまる。

「とはいえ……廊下は広くて長いし、すぐ冷えるか」

「ウーン」「きゅおー」

ヒッポリアスも俺とイジェと一緒に考えてくれている。

「テオさん、廊下の中は凍りますかね」

「可能性は……あるな」

「なら、入り口近くに設置して、凍るのを防ぐのはどうでしょう？」

「そうか。廊下を快適な温度にするのは難しくとも、凍結防止になりうるか」

「ロウカに、ダンロをオクのもいいかも」

「寒さ次第だけど、それもありだな」

赤い石の数には余裕があるのだ。

その後、少し話し合って、やはり食堂が暖かい方がいいという結論になった。

食堂とキッチンを隔てる壁沿いに暖炉を設置する。

「イジェ、壁にくっつけて固定するんだよな」

「そう。タオレたらカジになるから」

誰《だれ》かが転んで足を引っかけて、暖炉を倒したら、火事になりかねない。

火事になればどこまで火が燃え広がるかわからない。

冬に火事で焼け出されたら、大変なことだ。

「そうですね。火事はもっとも警戒すべきことの一つです」

ヴィクトルも神妙な顔で頷《うなず》いている。

「たしかにこの暖炉ならば、床も後方も熱くならないし、壁に固定した方が火事は防げるな」

「そう」

「よし、固定は金属の釘《くぎ》を使おう」

「うん」

俺はイジェが説明のために持っていた暖炉を、壁に固定する。

暖炉には固定するため金具が付いているので、それを利用して、製作スキルで釘を作って壁に打ち付けた。

「これでいいかな？　イジェどう思う？」

「ウーン」

イジェは暖炉に触れて、調べてくれる。

「バッチリ！」

「そうか、よかった。あとは子供たち対策の柵だな」

「ドンナのにスルの？」

「うーん。半径一メトルの半円状に柵を作ればいいかな？」

「フムフム」

「子供たち対策の柵だから高さはそんなになくてもいいかな」

「イチメトルぐらい？」

「そうだね、とりあえずそれで作ってみよう」

俺は魔法の鞄《マジック・バッグ》から鉄のインゴットを取り出した。

「ある程度頑丈でさえあればいいからね」

難しいことは考えなくていい。

「でも、錆《さ》びにくいほうがいいか。うーん」

俺はミスリルのかけらも取り出した。

「ミスリル？　チイサイね」

「ごく微量混ぜれば、特性は鉄のまま、錆びにくくなるからな」

「ソウナンダ」

そして鉄インゴットとミスリルのかけらに鑑定スキルをかける。

配合比率や不純物などは、あまり気にしなくていいので楽なものだ。

そのまま、製作スキルを使って、高さ一メトル半径一メトルの半円状の柵を七個作った。

正面には開閉できる部分も作ってある。

そこを開けて、暖炉に近づき赤い石を出し入れするのだ。

「ふう。これを壁と床に固定してと」

しっかりと固定させる。

村にいる子供たちはみんな賢くて、聞き分けのいい子たちだ。

だが、何をするのかわからないのが子供だ。

もしかしたら、はしゃぎすぎて、走り回ったあげく、柵に頭から突っ込むかもしれないのだ。

しっかりと固定していないと柵を吹っ飛ばして、暖炉に突っ込みかねない。

「こんなものかな」

「おお、しっかりと固定されてますね。これなら大丈夫でしょう」

「うん、ダイジョウブ！」

ヴィクトルとイジェが、柵を手で握って揺らして強度を確かめてくれる。

「よかった」

これで安心だ。

「じゃあ、俺はキッチンの方にも暖炉を設置しに行くよ」

「ウン、オネガイ」

それから、イジェは冒険者たちに呼びかける。

「ダンロのセツメイするよー」

「おお、わかった！　ピイありがとうな。楽になったよ」

「ぴぃ〜」

マッサージを受けて楽になったらしい冒険者たちがピイにお礼を言っている。

「これが俺たちの宿舎にも設置されるのか。楽しみだな！」

「ああ、今日中に設置する予定だぞ」

「テオさん頼んだ！　ありがとう」

冒険者たちも暖炉を楽しみにしているようだ。

冬はまだ来ていない。暖炉を使うまでまだ時間はある。

だというのに、これほど期待されているのは、冬が恐ろしいからだろう。

説明を始めたイジェと別れて、俺とピイ、ヒッポリアスはキッチンに向かう。

キッチンでは、アーリャと三人の冒険者が甜菜《てんさい》を煮ていた。

「テオさん。暖炉の設置？　話は聞こえてた」

「そうだけど、まさか、アーリャ、朝から？」

「そうだけど」

アーリャはまだ、魔法でとろ火を維持していた。

「……凄《すさ》まじいな」

「きゅお……」

一流の魔導師でも、これほど完璧《かんぺき》に制御された魔法を長期間維持するのは、ほぼ不可能だ。

「大丈夫。たまに替わってもらって、休んでるし」

「いやいや、替わるといっても五分ぐらいだぞ」

「そうそう、俺たちだと、五分が限界だからな」

「三人で交替して、十五分休みを二回。アーリャのとった休みはそれだけだよ？　本当にすごい」

三人の冒険者たちも、優れた魔導師だ。

それでもとろ火を維持するのは五分で精一杯。

『ぴい？　マッサージする？』

「アーリャ、ピイがマッサージしていいか聞いていているぞ」

「ん、ありがとう。お願い」

「ぴい～」

ピイがアーリャの頭の上に飛んでいく。

そして、マッサージを開始した。

「気持ちいい。疲れがとれる」

「ぴい～」

「それはよかった。俺も連続で製作スキルを使うとき、ピイにマッサージしてもらうんだ」

「ぴっぴぃ」

「ピイのマッサージを受けると魔力の凝りのようなものが取れるからな。長時間魔力消費をする作業のときは本当に助かるんだ」

「ぴぃ」

少し照れたように、ピイが震えた。

「新大陸のスライムって凄《すご》いんだなぁ」

冒険者たちも感心している。

旧大陸のスライムは凶暴で知能が低かった。だからこそ驚きが大きいのだ。

「それはそうとして、砂糖作りは順調か？」

「うん。今煮汁を煮詰めているところ。灰汁《あく》を取りながらね」

「灰汁取りなら任せろ！　というか、それぐらいしか役に立ってないんだが」

魔導師の冒険者が、少し自嘲気味にそう言って笑った。

「休憩させてもらっているし、助かっている」

アーリャはピイにマッサージされながら、そう言って微笑《ほほえ》んだ。

そして、俺はキッチンにも暖炉と柵を設置した。

26 冒険者用宿舎への暖炉設置

「さて、次はみんなの宿舎にも設置しに行くんだが……。俺《おれ》の作業は魔力消費も少ないし、ピイ、このままアーリャのマッサージをしてくれないか？」

『わかった！　ぴぃ！』

ピイは快く了解してくれた。

「ピイ、いいの？」

『いい！　ぴぃ～』

「構わないそうだよ」

「ありがとう、ピイ」

「ぴっぴぃ～」

そして、俺とヒッポリアスは食堂を出て、病舎に向かった。

食堂では、イジェが暖炉《だんろ》の使い方を説明し、ヴィクトルを含めた冒険者たちが真剣に聞いていた。

暖炉の使い方を理解した冒険者たちが、アーリャたちにも教えてくれるだろう。

俺たちは渡り廊下を病舎まで歩いていく。

「きゅうおーきゅうお～」

ヒッポリアスはご機嫌だ。

少し前を歩いて、こちらを振り返って、尻尾《しっぽ》を振って、また歩き出す。

「きゅおきゅーお」

「よく考えたら、二人きりで行動するのは久しぶりかもしれないな」

「きゅお！」

ヒッポリアスは戻ってきて、俺の足に前足を掛ける。

「抱っこか、いいよ」

「きゅうお～」

俺はヒッポリアスを抱っこして、病舎に入った。

「ヴィクトルたちが完治して以来だな」

「きゅうお」

食中毒になったヴィクトルたちのために建てたのだ。

幸運なことに、あれから一度も使われていない。

「このあたりでいいかな」

俺は病舎の奥に暖炉を設置する。

「暖炉さえ設置してあれば、ヒバシも赤い石も、他から持ってくるのは簡単だからな」

「きゅお！」

「次は冒険者の宿舎を順番にだな」

「きゅうおー」

共有部分に暖炉を設置することは、冒険者たちに今朝方言って、了解を取ってある。

暖炉の設置自体は簡単だ。

冒険者の宿舎、五棟に順番に暖炉を設置して回る。

「共有部にしかないから……個室が寒いかな」

『どああける！　きゅお』

「まあ、ドアを開けたら寒さはましになるが……」

個人の領域というのは大切なのだ。

とはいえ、個室ごとに暖炉を設置する余裕はない。

「各自なんとかするだろう」

「きゅお！」

「残りはお風呂《ふろ》場一基とヒッポリアスとボアボア、ヤギの家の三基だな」

『どれからいく？　きゅおー』

「まずは、拠点のお風呂場かな」

『おふろ！　きゅお』

俺に抱っこされたヒッポリアスは尻尾を揺らす。

「離れた場所にあるボアボアとヤギの家、ボアボアたちのお風呂場は最後にするとして」

『とおいもんね！　きゅおきゅお』

「そう。行き来するのに時間がかかるからね」

近くにある作業をまとめて終わらせてからの方がいいだろう。

「ヒッポリアスの家にはみんながいるからね」

『そっかー、きゅお』

そんなことを話しながら、俺とヒッポリアスはお風呂場に入る。

一応湯船の様子を見る。

「ぴぃ～」

ピイの臣下スライムたちが楽しそうに泳いでいた。

「ぴぃ？」

脱衣所にもスライムが二匹いた。

スライムたちは「洗濯する？」と聞いてくれる。

「大丈夫。洗濯じゃないんだ、暖炉を設置しに来ただけだからね」

「ぴぴぃ～」

俺はスライムたちに見守られながら、暖炉と柵を設置した。

「ぴぃ～～？」

「これは暖炉といって、すごく熱くなるんだ」

「ぴぃ」

「脱衣所を暖めるんだよ」

「ぴっぴぃ」

「多分、スライムたちなら、火傷《やけど》しないけど、熱くなっているときは念のために触れないようにね」

「「ぴぃ！」」

ピイの臣下スライムたちも非常に賢いのだ。

そして、俺とヒッポリアスは、ヒッポリアスの家に戻った。

近づくにつれ、騒がしくなっていく。

「わふわふわふ！」『べむう！」

「ぶううぃい』「きゃふう」

見なくても子供たちがはしゃぎまくっているのがわかる。

「ただいま」

「きゅうお！」

俺とヒッポリアスが中に入ると、

『ておどーる！』「ぁぅ』『あそぼ』

クロ、ロロ、ルルが一目散に駆けてくる。

前足を俺の足に掛けてぴょんぴょんと後ろ足で飛ぶ。

「クロ、ロロ、ルル、元気だな。眠くないのか？」

『ねない！』「ゎぅ』『あそぼ』

「水飲んでるか？」

『のんだ！』『のんだ』『あそぼ』

いつも小さな声で鳴いているロロも飲んだと教えてくれる。

昨日、水分不足でお腹《なか》が痛くなったからだろう。

「そっか、みんないい子だな」

「「わう」」

「ぶぶい！」『べむ！」

子魔狼《こまろう》たちに遅れてボエボエとベムベムもやってくる。

「ボエボエとベムベムもいい子にしてた？」

「ぶい！」『べえむ」

いい子にしてたと言いながら、ボエボエは俺の匂《にお》いを嗅《か》いでいる。

ベムベムは右手にスコップを握りしめ、両手をぶんぶんと縦に振っていた。

「そっか、いい子だったか」

『あそぼ』『ぁぅ」『あそぼ』

「ぶぅい」『べぇむべむ」

「遊びたいのはやまやまなんだが、暖炉を設置しないとダメだからな」

「「わふぅ」」『ぶいぅ」『べむぅ」

そして、俺はケリーとフィオ、シロにお礼を言う。

「子供たちの面倒見てくれてありがとう」

「気にしないでいいよ」

「まかせろ」

「わふ」

ヒッポリアスがケリーとフィオに甘えに行った。

「きゅうお」

「ヒッポリアスは可愛《かわい》いなぁ」

ケリーがヒッポリアスを撫《な》でまくると、フィオも横から撫でて、シロはベロベロと舐《な》めた。

27 ヒッポリアスの家の暖炉

Hennaryu to moto yuusha party zatsuyougakari shintairiku de nonbiri slowlife

みんなに撫《な》でられて、ヒッポリアスはご満悦だ。

「きゅおきゅお」

ケリーに体をこすりつけに行く。

「ケリー、子供たちはどうだった？」

「何事もなく、だね。遊んでお昼寝して、おやつを食べてお昼寝して。って感じかな」

「そっか、ありがとう」

「本業だからね、魔物の観察は。ところでピイは？」

「ピイはアーリャのマッサージのためにキッチンに残った」

「ほう？」

俺《おれ》はアーリャが類《たぐ》い希《まれ》なる魔法の使い方をしていることや、ピイのマッサージが魔法疲れを癒やすのに最適であることを説明した。

そうしながら、魔法の鞄《マジック・バッグ》から柵と金属インゴットを取り出していく。

「これが、いじぇのむらのだんろ？」

柵を見て、フィオが首をかしげる。

すると、俺にじゃれついていた子供たちも柵の前に集まった。

『だんろ！』『ぁぅ』『だんろ？』

「ぶい！』『べむ！』『きゅお！」

なぜか、暖炉ではなく柵だと知っているヒッポリアスまで子供たちに交じって尻尾《しっぽ》を振っている。

「いや、これは柵だろう。テオ、暖炉を貰《もら》ってきたのではないのか？」

「持ってきたけど、二基足りないんだ。予備も作るためにも、ヒッポリアスの家とボエボエ、そしてヤギの家の暖炉は新しく作ろうと思って」

「ふむ？」

「その三軒は大きいからね」

念のために赤い石を三つ置けるようにしておきたい。

食堂兼キッチンも大きいが、暖炉は合計二基設置済みなのだ。

「そして、これがイジェの村から貰ってきた暖炉」

ボアボアの家近くのお風呂《ふろ》場に設置するための暖炉を皆の前に置く。

子供たちはそれを見て大はしゃぎだ。

匂《にお》いを嗅《か》いだり、前足を掛けてみたり、上に乗ったりする。

いつも大人しいシロも匂いを嗅ぎにいく。

「だんろー」

フィオまで匂いを嗅ぎにいった。

子供たちにとって、新しいものは好奇心を強く刺激するらしい。

「さて、子供たち」

「「わふ？」」

「これは暖炉といって、すごく熱くなるんだ」

「ぶい！」「べむ！」

「そう、ボエボエとベムベムの言うとおり、かまどに似ているかな」

「ぶい～」「べむ～」

「だから、触ったり、この周りで騒いだらダメだよ」

「「わふ！」」

「ぶぶい」「べむ！」「きゅおー」

ヒッポリアスまで真剣な表情で聞いてくれた。

子供たちに暖炉の危険性を伝えたので、製作作業に入る。

「よし、暖炉を一気に二基作る」

「わかた！」「わふ」

フィオとシロが子供たちを連れて少し離れた場所へと移動する。

「まずは材料作りからだ」

並べた金属インゴットに鑑定スキルをかけて、状態を把握。

そして、一気に製作スキルで合金を作っていく。
暖炉の外側と、鏡、つまり反射板の部分は素材が違うのだ。
その二種類の金属を暖炉三基分一気に作っていく。
少し多めに作る。足りなくなってあとで作り直すと面倒だからだ。
「材料はこれでよしっと」
俺は頭の中で暖炉のイメージを固めていく。
イジェの村の暖炉と構造は同じだ。
ただ、部屋が大きい分少し大きめにする。
反射板の角度も、少しだけ部屋に合わせて変えた。

「よし」
イメージが固まったら、いつもは材料の鑑定に入る。
だが、材料は今は作ったばかりだ。
それも均質に作ってある金属インゴット。
鑑定を省略し、一気に作っていった。
一基できたら、すぐに次を作っていく。
あっという間に三基の暖炉が完成した。

「できた？」

「できたよ。これをヒッポリアスの家に置こう」

「きゅおきゅお～」

俺は二基を魔法の鞄にしまう。

そして、一基をヒッポリアスの家の壁に固定する。

「テオ、疲れていないか？　ピイがいないが……」

「大丈夫だ、今回の作業は単純で簡単だからな」

「そうか、ならいいんだ」

ケリーは心配してくれたらしい。

柵も固定してから、改めて子供たちに言う。

「この柵は暖炉に突っ込まないためのものだ」

「「「わふ」」」

「ぶい」「べむぅ」「きゅうお」

「だけど、あまり勢いよく突っ込むと壊れる」

「わふ」

「だから、この近くではあまり暴《あば》れないように」

「「「わふ！」」」

「ぶい！」「べむ！」「きゅお！」

「いい返事だ。さて、使い方を説明しよう。フィオとケリーも聞いてくれ」

そして、俺はみんなに暖炉の使い方を説明する。

「柵はこうやれば開けられる。子供たちは開けないように」

「「わふ」」

「そして、この部分から赤い石を交換する。子供たちは触れないように」

「わかた！」

「なるほどなぁ、魔力を注《そそ》ぐってのは？」

「ケリーは魔力操作が苦手なのか？」

「得意ではないね」

冒険者と違い学者先生たちは、魔力操作が苦手な者が多い。

冒険者は戦士だろうと、ある程度魔力を扱えないと話にならない。

だが、学者をするのに魔力の操作は必要ないのだ。

「あとで教えるよ。そう難しくない」

「頼むよ」

「まあ、できなくても俺が魔力注ぐから心配しなくていいさ」

一日二回ならば、そう大変なことではないのだ。

28 シロの保護者ヒッポリアス

それから俺《おれ》たちはボアボアの家に向かって移動する。

ヒッポリアスだけでなく、フィオ、ケリー、シロと子魔狼《こまろう》たち、ボエボエとベムベムもついてくる。

子供たちはじゃれながら歩いていき、最後方からシロが監督するようについてくる。

「シロ、散歩しなくていいのか？」

「わふ？」

「散歩しないとストレスが溜《た》まるだろう？」

「わふ」

子魔狼たちの保護者をしてくれているが、シロは魔狼《まろう》。

必要な運動量は多いのだ。

「そうだね。シロ、走ってきたらどうだ？」

「はしてきていいよ？」

ケリーとフィオにも勧められ、シロは「わふぅ～」と悩んでいる。

『いっしょにいく？』

そんなシロにヒッポリアスが優しく言う。

「ヒッポリアス、一緒に行ってくれるのか？」

『ひとりだとさみしい。きゅお！』

そう言って、ヒッポリアスは尻尾《しっぽ》を揺らした。

「そうか」

シロは保護者としての責任感だけで、ずっといたわけではないのだろう。

運動もしたいが、それ以上に散歩はみんなでしたいのかもしれない。

「暖炉《だんろ》の作業が終わったら、みんなで散歩に行く？」

「わふ～……わぅ！」

少し迷った後、シロは今行ってくると宣言した。

やっぱり、運動はしたいらしい。

それに、縄張りの状態が気になって仕方がないから見て回りたいそうだ。

『いこ！』

「わふ！」

ヒッポリアスが大きくなって、ゆっくりと走り出す。

シロも走り出し、すぐにヒッポリアスを追い越した。

「わふわふ～」

「きゅおきゅお～」

シロがどこを走るか決めて、ヒッポリアスがその後ろをついていくようだ。

シロもヒッポリアスもとても速いので、あっという間に見えなくなった。

「わふぅ」

クロが寂《さび》しそうに鳴く。

「クロも大きくなったら一緒に散歩しような」

「わふ」

シロとヒッポリアスが消えた後、しばらく考えていたケリーがぼそっと言った。

「テオ、シロとヒッポリアスでは序列はシロが上なのか？」

「どうだろうな。魔狼の群れならそうなんだろうけど……」

魔狼の群れは、群れの長が先頭を走る。

どこに向かうのか、決めるのは長の仕事だからだ。

「ただ、ヒッポリアスは、ついさっきかなり高速で走ったし」

俺とイジェを乗せて、大はしゃぎで走ってくれた。

だから、運動したい欲はシロの方が上だ。

「それに、ヒッポリアスはあまり縄張りの点検という意識がないんだよな」

ヒッポリアスは海で暮らしていた。

海にも恐らく縄張りのようなものはあるのだろうが、陸ほどはっきりしていないのだろう。

それに、ヒッポリアスは圧倒的強者だから縄張りへ誰《だれ》かが侵入しても気にしない。

俺たちが船で侵入したときは、珍しいから近づいてきたが、追い払おうとはしなかった。

「今回、シロは縄張りを点検したいって言っていたけど、ヒッポリアスは多分縄張り把握してない」

「そうか。ヒッポリアスが先頭だと、点検に支障が出ると」

「多分ね」

ヒッポリアスはあくまでも付き添いといった意識が、二頭共にあるのかもしれない。

「あとで、しろにきいてみる？」

「そうだね。頼むよ。ところでフィオはどう思う？」

「うーん。しろはこども！　ひっぽりあすはこどもだけど、つよい！」

「なるほど？　ヒッポリアスはこの場合、保護者なのか？」

「くろ、ろろ、るるとしろみたいなかんじ！」

「なるほどなぁ。そういうことか」

ケリーは納得したようだった。

シロはいつも子魔狼たちの後ろをついてきている。

それと同じように、ヒッポリアスも後ろについたとフィオは考えたらしい。

「勉強になる。一応あとで通訳も頼む」

「まかされた！」

フィオは元気に尻尾を揺らした。

俺たちがボアボアの家の前に到着すると、

「ががう」

飛竜《ひりゅう》が出迎えてくれる。

飛竜はふらっといなくなったり、いつの間にか戻ってきたりするのだ。

「飛竜、ボアボアの家に暖炉を取り付けにきたよ」

「がう～」

「そう、部屋を暖める器具。赤い石っていう道具に魔力を込めることで、部屋を暖めるんだ」

「ががう」

俺が飛竜に説明しながら、ボアボアの家の中に入る。

「ぶい！」「べむべむ！」

ボアボアと陸ザメたちが迎えてくれた。

「おお、みんな揃《そろ》ってるな」

「ぶぶい！」

ボアボアはお昼のぬた打ちが終わって、のんびりしていたところだと言う。

「ぶい？」

ボアボアはボエボエが迷惑をかけてないか心配しているらしい。

「ボエボエはいい子にしてたよ」

「ぶ～い」

俺がいい子だったと言うと、ボエボエはどや顔をしていた。

「陸ザメたちは、お昼寝後か？」

「べむ！」

どうやらそうらしい。

「べむべ～む？」

べムべムの父にべムべムが迷惑をかけていないか尋ねられた。

「ああ、べムべムもいい子にしてたよ」

ボアボアもべムべムの父も、やっぱり子供が心配らしい。

「ぶぅい～？」「べむ？」

ボアボアと陸ザメの父が、それぞれの子供に「お礼を言いなさい」のようなことを言っている。

「ぶい！」「べむ！」

「気にするな、子魔狼たちも楽しんでいたしな。な、ケリー」

「ああ、色々とデータも取れた。こちらこそありがとう」

「ぶい～」「べむ～」

もう一度ボアボアとべムべムの父にお礼を言われたのだった。

29 ボアボアの家の暖炉

Hennaryu to moto yuusha party zatsuyougakari shintairiku de nonbiri slowlife

俺《おれ》とケリーが保護者たちに、預かっていた間の子供たちの様子を話していると、

「がう」

「わう！」「あう」「わう」

飛竜《ひりゅう》に子魔狼《こまろう》たちがじゃれつきに行っていた。

飛竜は子魔狼たちに比べて体がずっと大きいので、撫《な》でたりしにくいのだろう。

じゃれつかれるままになっている。

少し鼻の先で、匂《にお》いを嗅《か》ぐ程度だ。

「飛竜、すまないな」

俺が謝ると、

「すまない！」

フィオも、子魔狼たちの姉としてちょこんと頭を下げる。

「がう～」

飛竜は気にするなと言ってくれる。

飛竜の子供たちはこんなものではなかったと、懐かしそうに言う。

「ひりゅうのこども、げんき？」

この場合の「げんき？」は、今壮健に過ごしているのかという問いではなく、赤ちゃんの頃暴《あば》れまくっていたのかという問いだ。

「が〜う」

「そかー」

飛竜が、いかに竜の子供は元気いっぱいかを教えてくれる。

駆け回って、石と金属でできた頑丈な住処《すみか》を壊したりすることは日常らしい。

止めようとして飛竜自身も怪我《けが》をすることもあったと言う。

「ひりゅが？　すごい」

飛竜の鱗は硬い。

フル装備の冒険者の渾身の一撃でも、そう簡単には傷がつかないほどだ。

「が う〜」

「あかちゃんでもりゅうかー」

フィオが感心したようにうんうん頷《うなず》いている。

「がう〜」

赤ちゃん竜は体力があり余っているので落ち着けと言っても、言うことを聞かないらしい。

一頭ならまだしも、複数いると、もう手に負えない。

「……がう」

大変だと言いながら、子供たちについて話す飛竜は幸せそうだった。

「そかー」

フィオは、子魔狼たちを鼻の先でツンツンしている飛竜のことを撫でた。


俺もしばらく陸ザメたちを撫でた後、魔法の鞄《マジック・バッグ》から暖炉《だんろ》を取り出した。

「べむ？」「べむべむ？」

陸ザメたちは一斉に暖炉を取り囲む。

「みんな聞いてくれ。これは暖炉といって――」

ボアボアと陸ザメたちに暖炉の説明を丁寧にする。

「ぶい～」「べむ」

「魔力の注《そそ》ぎ方か。そうだな。あとで一回やってみよう」

「ぶぶい」「べむべむ！」

今、暖炉を使ってやるのが一番わかりやすい。

だが、まだ冬ではない。

それなのに、ボアボアの家で暖炉を稼働させたら、寝苦しい夜が来てしまう。

「あとで、そうだな。また今度、中庭で赤い石の使い方を練習しようか」

「ぶい」「べむう！」「べむべむ」

そして、俺はボアボア、飛竜、陸ザメたちに見守られながら、暖炉と柵を設置する。

「柵は子供たちとか、あとは、大人も寝返りを打ったときとかにぶつからないようにするためのものかな」

「ぶい！」「べむ！」

「とはいえ、陸ザメはともかく、ボアボアと飛竜の体重は、柵では支えきれないから注意してくれ」

「ぶぶい！」「がお！」

もう一度、注意点を説明した後、俺はボアボアの家の風呂場《ふろ》に向かう。

ボアボアの家と風呂場は隣接している。

扉を開ければ、そこはもうお風呂場なのだ。

扉を開けると、もあっと暖かい湯気が流れてくる。

「ボアボアの家とヤギたちの家はお風呂場があるから、暖炉がなくても冬もあまり寒くないかもな」

「そうだね。ピイの臣下スライムがカビを食べてくれるから安心だし」

それどころか臣下スライムやピイは湿気も適度に調節してくれるのだ。

本当にスライムたちは有能である。

俺たちは風呂場を通過して、ヤギたちの家に入る。

俺とケリー、フィオ、それに子魔狼たちがついてきた。

ボエボエとべムべムは保護者と話しているので、別行動だ。

ヤギたちの家に入ると、

「ほっほう！」

ストラスが止まり木から降りてきた。

「暖炉の設置に来たよ」

「ほう！」

続々とフクロウたちが止まり木から降りてくる。

あっという間に囲まれた。

だが、ヤギたちとカヤネズミたちがいない。

「ヤギたちとカヤネズミたちは？」

「ほっほう」

「そうか、ご飯か」

「ヤギは常にもぐもぐしているからなぁ。旧大陸のヤギはそうだったが、新大陸のヤギもそうなのだろう」

ケリーは素早くメモをしていた。

どんな小さな気付きも逃さないという強い意志を感じる。

「じゃあ、ちょっとヤギを呼んでくるよ」

「ほっほう！」

俺はフクロウたちを置いて、家の外に向かう。

「よーしよしよし」

「ほっほほう」

フィオがフクロウたちを撫でまくり、

「ぁぅぁぅ！」

子魔狼たちがフクロウたちにじゃれついている。

俺は外に出て、ヤギたちを探す。

ヤギたちは家から少し離れたところで、雑草をむしゃむしゃしていた。

「ヤギたち！」

「めえ！」「めぇぇぇ～」「ちゅちゅ」

カヤネズミたちを背に乗せたヤギたちが走ってくる。

「暖炉を設置するから見ていて欲しいんだが……メエメエはどうした？」

ヤギたちのリーダー、メエメエの姿が見えない。

「めえ～」

まだ戻ってきていないという。

メエメエはジゼラと一緒に赤ちゃんヤギを迎えに行ったのだ。

「子ヤギは随分と遠くにいたのかな」

「めええ～？」

そんなことはないんだけど、とヤギたちは言って首をかしげていた。

30 暖炉を少し改造しよう

俺《おれ》とヤギとの会話を聞いていたケリーが真剣な表情で言う。

「どうする、テオ。帰りが遅すぎる。何かあったのかもしれない」

「うーん、まあそれほど危険はないだろうが……」

「そうか?」

「ジゼラがいるからな」

ジゼラが同行しているならば、危険はないと思う。

そのぐらいには、ジゼラの強さを信頼している。

「とはいえ、気になるな」

「何か気になるものを見つけて、道草しているというのが可能性としては高そうだが……」

「それは同感だ」

俺は少し考えて結論を出す。

「ともかく、ヒッポリアスが戻ってくるまでは待機かな」

俺だけで向かっても、見つけられる可能性はかなり低い。

よほど近くまで戻ってきていない限り、鼻のいいヒッポリアスと一緒に向かった方が早いだろう。

そして、よほど近くまで戻ってきているならば、そもそも探しに行く必要がない。

「そうか、それがいいかもね」

「ああ、とりあえずは、暖炉《だんろ》の設置をしてしまおう。ヤギたち、来てくれ」

「めえ～」『めえめえ～」

ヤギたちはメエメエが戻ってきてないことを心配していないようだった。

「こういうことはよくあるのか?」

「め～え」『めえめえ～」

「よくあるのか。なるほど。美味《おい》しそうな草を食べながら戻ってくると」

「め～」

よくあることならば、特に心配しすぎる必要はなさそうだ。


俺はヤギたちと一緒に家の中に戻る。

「メエメエと子ヤギにはあとで説明するとして……」

「めえ～」

「とりあえず、暖炉と柵を固定するから見ていてくれ」

「めえ～」『ほっほう」『ちゅちゅ」

俺はみんなに見守られながら、暖炉と柵を固定する。

もう慣れたものである。

「さてさて、これは暖炉といってとても熱くなる」

「ほっほう」

「絶対に突っ込んだりしないように。大火傷《やけど》しかねないし、暖炉は固定しているが、倒したら火事になりかねない」

「めえ～」「ほっぅほう」「ちゅちゅ」

「カヤネズミは、倒す心配はなさそうだけど、絶対に突っ込まないようにな」

「ちゅぅちゅ」

体が小さい分、火傷が致命的になりかねない。

「そして、フクロウたちも、絶対に突っ込まないように。フクロウたちには柵は無意味だからな」

「ほう」

フクロウたちは真剣な表情で聞いてくれている。

皆賢いので、大丈夫だとは思う。

説明を終えた後、俺はヤギたちの家の中を見回した。

ヤギたちの家は、他の建物よりも天井《てんじょう》が高い。

ボアボアの家も飛竜《ひりゅう》が暮らせるように天井を高めに作ってあるが、それよりも高いのだ。

「ストラス。熱気は上にいくと思うんだよな」

「ほっほう？」

「他の部屋の暖炉と構造を変えるべきか？　上方にも反射板をつけて熱気が上にいかないようにし

た方がいいか？」

「ほ～う」

ストラスは首をかしげて考えている。

フクロウたちも、ストラスと一緒に首をかしげていた。

「うーむ。実際にどうなるかわからんよな」

熱気は上にこもるものだが、どのくらい熱くなるのかが予測しづらい。

暑すぎたら、フクロウ用出入り口を開ければ、フクロウたちは快適にはなるだろう。

だが、その場合、フクロウ用出入り口から流れ込んだ冷気が主にヤギたちのいる下に向かう。

「ほうほっほう」

「暑ければ下に降りてくれるのか？」

「ほう」

「それなら大丈夫かな。でも一応暖炉の構造を少し変えて、反射板を上にもつけよう」

暖炉の上、いわば暖炉の天井の部分に斜めにした反射板をつければ、熱気が上に流れるのを少し抑えられるだろう。

「ちょっと待ってな」

俺は魔法の鞄《マジック・バッグ》から金属のインゴットを取り出して、素早く鑑定する。

それが終わると、固定済みの暖炉を改造した。

反射板はさっき作ったばかりなので、特に難しくはない。

新しく反射板を取り付けるというよりも、背面の反射板を少し延長し角度をつけた感じに仕上がった。

「これで、多分ましになると思うんだが……」

「ほっほう！」

「ああ、もし実際に使ってみて改良点が見つかったら教えてくれ」

「ほう！」


暖炉が完成した後、もう一度改めてヤギたちに使い方と注意点を説明する。

そして、俺はケリー、フィオ、子魔狼《こまろう》たちと一緒にヤギたちの家の外に出た。

「めえ～」

ヤギたちも背中にカヤネズミを乗せたままついてきて、近くの雑草をむしゃむしゃし始めた。

中にはヤギの家の屋根に登り始めるヤギもいる。

「登り心地はどうだ？」

「めめぇぇえ」

「登り心地がいいならよかったよ」

ヤギたちは登りやすい屋根も気に入ってくれたようだ。

「ヤギってやっぱり高いところが好きなんだなぁ」

「崖の上とかに登りたがるな。外敵から逃れるためだろう」

ケリーはヤギを見てうんうんと頷《うなず》いている。

「そろそろ昼食の時間ではあるのだが……」

太陽は一番高いところから、少し下がったところだ。

太陽の位置から判断するに、正午から一時間から二時間ぐらい経《た》った頃だろうか。

「フィオ、クロ、ロロ、ルルお腹空《なかす》いてないか？」

子供たちがお腹を空かしていたらかわいそうだ。

「たべた！」

『たべられる』「ぁぅ」『たべた』

どうやら、フィオたちは昼ご飯をしっかり食べたらしい。

31 テオの昼ご飯

フィオが少し心配そうに言う。

「ておさん、おなかすいた？」

「まあ、多少はね。でも大丈夫だよ」

大人は一食ぐらい抜いてもたいしたことはない。

冒険者だった頃は、二、三日何も食べられないことも珍しくなかったのだ。

「テオが、イジェとヒッポリアスと一緒にイジェの村に行っている間にね。先に食べてすまなかった」

少し決まり悪そうにケリーが言った。

ケリーは、俺《おれ》が昼食を食べたと思っていたのかもしれない。

「いや、謝る必要はない。むしろ俺がフィオたちの昼食を忘れていたことの方が問題だ」

製作に夢中になるがあまり、空腹を忘れていた。

俺自身空腹を感じてはいたのだ。だが、ほとんど意識していなかった。

「大人だけなら、ともかく子供と一緒にいるんだから、気をつけないとな」

イジェにはとても悪いことをした。

「シロも食べたんだよな？」

「ああ、もちろん」

「ならよかった。問題はイジェとヒッポリアスだな」

イジェは食堂兼キッチンにいる。

何か食べていたらいいのだが。

「ヒッポリアスは……食べてくれているかな」

少し前まで、ヒッポリアスは散歩したついでに何かを食べていた。

最近、特に小さくなれるようになってからは、俺たちと一緒にご飯を食べるようになった。

ヒッポリアスとイジェには、かわいそうなことをしてしまった。


俺が反省していると、ヒッポリアスの気配を感じた。

「ん？　ヒッポリアスか？」

「見えないが」

「しろ！　ひぽりあす！」

「「わふわふ！」」

ケリー以外のみんなが気付いた。

そして、数秒後。

「わふわふぅ」

「きゅおきゅお～」

シロが走ってきて、その後ろからヒッポリアスがやってくる。

「しろー」

フィオが走ってきたシロを抱きしめてわしわしと撫《な》でる。

シロも嬉《うれ》しそうに尻尾《しっぽ》を振って頭をフィオに押しつけている。

「「「わふわふ」」」

子魔狼《こまろう》たちもシロに嬉しそうに飛びついた。

「きゅお～」

そして、ヒッポリアスは口に大きな魚を咥《くわ》えていた。

「おお、ヒッポリアス。魚を捕まえたのか」

やはり、ヒッポリアスもお腹《なか》が空《す》いていたらしい。

『ておどーる、たべて』

「くれるのか？」

『あげる。ておどーる。ごはんたべてない。きゅうお～』

どうやら、俺が昼食を食べていないから、心配してくれたらしい。

「ありがとう、ヒッポリアス」

「きゅお～」

「ヒッポリアスはご飯食べたか？」

『おなかすいてない！』

その返答で、道中、食べてきたのかと思ったのだが、

「わふっ」

シロが、ヒッポリアスはお腹空いていると教えてくれた。

どうやら、ヒッポリアスは、お腹が空いていると言ったら捕まえた魚を俺が食べてくれないと思ったらしい。

「そんな、気を使わなくていいのに」

『きゅお〜。ひっぽりあす、つよいから、おなかすかない！』

強い竜なので、ご飯を食べなくても大丈夫と言いたいらしい。

竜はたしかに飢餓に強いが、お腹が空かないわけではない。

ましてや、ヒッポリアスは子供の竜なのだ。

ちゃんと食べた方がいい。

「ありがとう。ヒッポリアス」

俺は大きなヒッポリアスの頭を撫でてぎゅっと抱きしめた。

「きゅうお〜」

「でも、魚は大きいから、一緒に食べような」

「きゅお〜」

「魚は焼いたら美味《おい》しいからな。キッチンに行こう」

「きゅおきゅお～」

俺とヒッポリアス、そして、ケリー、フィオ、子魔狼たちで一緒に食堂まで歩いていく。

「イジェもお腹空かしてるかもしれないな」

『いじぇもたべる！』

「そうだね、イジェも食べたいかもしれないね」

「きゅお～」

「……ジゼラはお昼ご飯を食べたかな？」

『きゅおー。じぜら、あそんでたよ？』

「今日というか、さっきの散歩のときに会ったの？」

『そう！　きゅおー』

「わふ」

シロも子ヤギと一緒に遊んでいたと教えてくれる。

「そっか。なら安心だな」

心配していなかったが、目撃証言を聞けたらより安心できるというものだ。

「なに？　ジゼラと会ったのか？」

「ああ、ヒッポリアスとシロがな。子ヤギと遊んでたらしいよ」

「そうか、ジゼラらしいが……。一旦《いったん》戻ってきて、それから遊びに行けばいいものを」

ケリーが呆《あき》れたように言う。

「たぶん！　じぜら、こやぎとなかよくなるつもり！」

「仲良くか。子ヤギが新しい家で不安にならないように？」

「そう！」

「そうか。メエメエとかヤギたちとカヤネズミたちがいるとはいえ……ボアボアも飛竜《ひりゅう》もいるからな」

ボアボアは雑食だが、体も大きく肉も食べるキマイラであり、飛竜は肉食最強の竜だ。

シロは肉食の白銀狼王種《フェンリル》であり、ヒッポリアスも強力な竜である。

「子ヤギからしたら恐ろしいか」

大人のヤギより、子供の方が本能的な恐怖にあらがいがたい。

人族でも大人より子供の方が暗闇《くらやみ》を怖がるのと同じだ。

「たとえるなら、非戦闘員の人族が獅子《しし》の群れの檻《おり》に入るようなものだものな」

ケリーがしみじみと言う。

いくら大人しい獅子だからと言われても、恐ろしいものは恐ろしい。

そうなんだ、大人しいんだとためらいなく檻に入れる者は滅多にいないだろう。

「信頼できる獣使いが一緒じゃないと、檻の中には入れないよな」

俺がそう言うと、ケリーは頷《うなず》いた。

信頼できる獣使いが一緒でも、恐ろしいが、大分《だいぶ》ましになる。

この場合、ジゼラは飛竜が暴《あば》れても抑えられると子ヤギに思われないといけない。

実際にジゼラが抑えられるかどうかではなく、子ヤギがどう思うかが大事なのだ。

32 お酒と製作スキル

ジゼラが子ヤギと遊んでいることはわかった。

恐らくジゼラは子ヤギと遊ぶことで信頼関係を築こうとしているのだろう。

ジゼラが子ヤギと遊ぶ目的についてはただの推測だが、きっと間違ってない。

「ジゼラが何をして遊んでいるのか気になるな」

「……たしかに」

強さアピールのために魔猪《まちょ》でも素手で倒したりしていないだろうか。

そんなことしたら、ジゼラが怯《おび》えられそうな気もしなくもない。

『きゅお！　おいかけっこしてた』

「そうか、追いかけっこか」

「わふ～」

「シロとヒッポリアスは、子ヤギに怯えられなかったのか？」

「わふ」

『こやぎ、こわがってなかった！』

「そっか」

普通の子ヤギならば、怯えるはずだ。

怯えなかったのはジゼラとメエメエがいたからだろうか。

それとも、シロとヒッポリアスが子供だからだろうか。

「あとで子ヤギに直接尋ねてみるか」

「そのときは私も連れて行け」

「わかってる」

「子ヤギの心理について貴重な話が聞けるかもしれないな」

ふんすふんすと、ケリーは鼻息を荒くさせていた。

食堂の前に着くと、

『ておどーる、もってて』

「はい」

俺《おれ》が大きな魚を受け取ると、ヒッポリアスは小さくなった。

そして、俺たちは食堂の中へと入る。

「ア、テオさん！」

「イジェ、甜菜《てんさい》作りはどうだ？」

「いま、ヒヤシテル！」

どうやら最終工程に入ったらしい。

甜菜の汁を煮詰めた後、冷やして砂糖を結晶化して完成だったはずだ。

「魔法を使って一気に冷やそうかと言ったのだけど……」

頭の上にピイを乗せ、椅子《いす》に座って、お茶を飲んでいたアーリャが言う。

「キュウにヒヤシタほうがイイのかワルイのか、ワカラナイから」

「そうだな。どっちがいいんだろうな」

「こんど、ジッケンしよう」

「そうだね。それがいいな。ところで、イジェはご飯食べたか」

「タベタよ！」

「ならよかった」

イジェがちゃんとお昼ご飯を食べていたようで、俺はほっとした。

「アーリャもお疲れさま。ご飯食べたか？　疲れてないか？」

「食べました。それにピイのおかげで疲れはとれました」

「ぴぃ～」

「ピイ、ありがとう」

アーリャは頭上のピイを優しく撫《な》でる。

「ぴっぴぃ」

ピイは嬉《うれ》しそうにプルプルすると、俺の肩にぴょんと飛び移った。

「ピイもお疲れさま」

「ぴぃ～」

ピイは早速俺へのマッサージを始めてくれた。

「おお、気持ちいいぞ。ピイありがとう」

「ぴっぴぃ」


そんな俺と、俺の持つ大きな魚を見て、イジェが言う。

「テオさんは？　おヒルゴハン、たべた？」

「これからだ。ヒッポリアスが魚を捕ってきてくれたから一緒に食べようと思ってね」

「ソッカ！　テツダう！　サカナかして」

「あ、いいのか。ありがとう」

イジェは大きな魚を受け取ると、キッチンに小走りで向かった。

「きゅお～」

俺とヒッポリアスはその後を追ってキッチンに入る。

キッチンでは冒険者たちが騒いでいた。

どうやら酒の壺《つぼ》の周りで談笑しているようだった。

「みんな、何してるんだ？　酒はまだできないだろう？」

「いや、そうなんだが。魔法を使えば早くできるんじゃないかと思ってな」

俺たちの後からキッチンに入ってきたケリーが、

「また、バカなことを……」

と言って、呆《あき》れている。

ケリーはフィオとシロ、子魔狼《こまろう》たちと一緒だ。

「さけかー。それより、さとうはどうなた？」

ケリーたちは甜菜の様子を見に来たのだろう。

「サトウ、コッチだよ。おいで。まだデキテないけど」

まな板の上に魚を置いたイジェが子供たちを手招きした。

「わふう！」『わう」

『たべる？』「ぁぅ」『あまいのすき』

フィオ、シロ、子魔狼たちは尻尾《しっぽ》を振りながらイジェの元に走った。


そんな子供たちと対照的に冒険者たちは酒に夢中だ。

「そうだ。テオさん、製作スキルとかで酒を造れないか？」

「……できる。まあ薬を作るのと大差ないしな」

冒険者たちがざわっとした。

「ほ、本当か？」

「だが、不味《まず》いぞ？　俺が製作スキルで料理を作らないのと同じだ。ちゃんと作った方がいい」

「……そっか」

「昔な。実験したことがある。味の完全再現は難しいんだよな。恐らく省略している何かが大事なんだろうな」

省略しているのは製作スキルの過程ではなく、鑑定スキルの過程だろう。

鑑定スキルでは膨大な量の情報を処理する。

当然、全《すべ》てを認識し、脳内に留めるわけにはいかないのだ。

無意識に重要度が低いと判断した部分が、きっと大事なのだろう。

「何度もやれば……そのうち上手になるとは思うのだが……」

何を認識しなくていいのかの判断は、繰り返せば繰り返すほど精度が上がる。

俺は武器防具、冒険道具、道中の罠《わな》などを何万回と鑑定してきた。

そのおかげで、金属や木材、石などはかなりの精度だ。

だが、食べ物、飲み物の精度はそうでもない。

「飲食物の鑑定経験はかなりあるんだが、害があるか益があるかばかり気にしてたからな」

「逆に、味とかはどうでもいいものを判断しているってことか」

「無意識にね。冒険中は美味《おい》しさとか重要じゃないからな」

「たしかに……」

冒険者たちは納得したようだ。

冒険中はそもそも食べられないときが多い。もし食べられるものがあるならば幸運だ。

「冒険から帰ってきて、十日ぐらいはなんでも旨《うま》い」

「ああ、逆に二か月も経《た》てば、美味しすぎて、一生これだけ食べていてもいいと思ったものが、そうでもなかったなって感じるからな」

食に困ったことのない美食家の貴族などが、見た目は悪いが味のいい食材を指して「これを最初に食べた奴《やつ》を尊敬する」などと言う。

だが、飢えれば、人はなんでも食べる。

毒キノコだろうが、腐ったものだろうが、食べるのだ。

美食のためではなく、飢えから逃れるために食べたのだ。

結果、食べられるものを口にできた者は助かり、毒を口にした者は死んだ。

それだけの話だ。

人族の歴史は飢えの歴史である。

ミミズを食べたフィオのように、見た目がどうだろうと、味がどうだろうと、人族はなんでも食べて、無数の死者を出してきたのだ。

「まあ、多分、鑑定スキルを授けた神も、食べ物に関しては害か無害かの判定に重きを置いている気もするな」

俺がそう言うと、冒険者たちはうんうんと頷《うなず》いた。

神が何を考えているのかはわからないが、人族を助けようと思ってスキルを授けたなら、そうするだろう。

「鑑定スキルと製作スキルを持っている奴の中にお酒造りに専念する者が現われれば、恐らく旨い酒を製作できるようになるとは思うんだがな」

何度も何度も試行錯誤すれば、お酒造りも多分上手《うま》くなるはずだ。

「とはいえ、そもそもスキル二つ持ちが滅多にいないもんな。テオさんのスキル三つ持ちが特別なのであってだな」

「その二つのスキルがあるなら酒よりも魔石加工の方が金になりそうだよな」

「たしかに」

そんなことを言いながら、冒険者たちはうんうんと納得していた。

冒険者の一人はまだ諦《あきら》めきれないようだ。

「製作スキルで美味《おい》しい酒を造るのが難しいなら、魔法はどうだろうか？」

「魔法か。恐らくだが、魔法を使って加速させても多分不味《まず》いぞ？　実験してみないと確実なことは言えないが……」

魔法で酒造りを加速できるなら、それは商売として成り立つ。

だというのに、旧大陸で、酒造家が魔導師を募集していないのだから、きっとよくない結果が起こるのだろう。

そんなことを説明すると目に見えて、冒険者がしょぼんとする。

「そっか。そうだよな……」

残念そうに、冒険者たちは食堂へと歩いていった。

少し可愛《かわい》そうになるが、我慢した方が旨《うま》いに違いない。

「みんなは酒が好きですから」

そんな冒険者を見送りながら、ヴィクトルが楽しそうに言った。

「ヴィクトルも酒が好きだろう？」

「もちろん大好きです。愛していると言っても過言ではないでしょう」

「そこまでか。なら、ヴィクトルもスキルや魔法で早くできるのを期待してたんじゃないのか?」

だからこそ、作業が終わったのに、ヴィクトルはキッチンに残っていたのだろうと、俺《おれ》は思っていた。

「私の酒への愛は……きっと皆よりも深いんですよ」

「ドワーフは酒好きが多いって言うしな」

「はい。愛が深すぎて、待つ時間も愛おしいんです」

「……なるほど?」

よくわからなかったが、きっと待つ時間も幸せな時間だとか言いたいのかもしれない。

「テオさんは、何年もワインを寝かせて旨くする技法があるのは知っていますか?」

「ああ、それなら知ってる。王宮でのパーティで数十年前だかのワインを飲ませてもらった覚えがある」

「それはうらやましい」

魔王との戦いを終えて、帰還した後のことだ。

王宮でジゼラを慰労するパーティーが開かれて、俺たちパーティメンバーははジゼラに付き添ったのだ。

「テオさん。その酒を寝かせる技術は……実はドワーフが編み出したんですよ」

「そうなのか?」

「はい。だからというわけではないですが、ドワーフは酒ができるまでの間は味を想像して楽しむのですよ」

「へー」

すると、黙って聞いていたケリーが言う。

「それだと、もし失敗したら悔しくないか？」

「もちろん悔しくて悲しいです。そういうときは、友達を集めて、その酒を肴に酒を飲みます」

「……美味しくするためにはどうするのかとか？　そういう話で盛り上がるのかい？」

「いえ、まずい酒を飲んで、そのまずさを笑って、口直しを名目に旨い酒を奢《おご》ったり奢られたりします」

ドワーフの価値観はよくわからないが、とにかく酒が好きだということは伝わってきた。

そのときフィオがぼそっと呟《つぶや》いた。

「……さけ」

フィオたちは製作途中の砂糖を見せてもらって、満足して戻ってきたらしい。

「フィオ。酒は大人になってからだぞ。お酒は体に悪いからな」

「わかた！　でも、からだにわるいのに、なんでのむの？」

「なんでだろうなぁ」

「なんでだろうな」

「なんででしょうね」

俺、ケリー、ヴィクトルの答えが揃《そろ》った。

味が……いや、味よりも飲んだ後の酔いがいいのだろうが……。

なぜ酔いたいのかというのは、一言では言い表せない。

「わかんないのかー」

「まあ、大人より子供が飲む方が体に悪いからな。大人になるまではダメだよ」

「わかた！」

「それより砂糖はどうなった？　というか、魚の調理を手伝おう」

「きゅおきゅお」

俺とヒッポリアスはイジェの元に急いで向かう。

「サトウはジュンチョウ。サメたら、ケッショウになるから、ダイジョウブ。アトはまつだけ」

「そっか、魚は……」

「サカナもタイヘンなサギョウじゃないから、テオさんはみてて」

「そうはいってもなぁ」

「きゅお～」

自分の食事が出てくるのを、ただ座って待っているのは、なんとなく気持ちが落ち着かない。

「じゃあ、ヒをおこして」

「わかった」「きゅぅお！」

俺は薪《まき》を用意してかまどにくべる。

『ておどーる、ひっぽりあす、ひをだす？　きゅうお？』

「ああ、お願い。弱い火で頼む」

『わかった！』

小さなヒッポリアスの頭から、小さな角が生える。

そして、角の先からボッと小さな火が生まれる。

「きゅうお〜〜」

その小さな火が、かまどにくべた薪へとゆっくり飛んでいく。

「おお、あっという間に火をおこせたな」

「きゅおきゅうお！」

俺とヒッポリアスは一仕事終えて、イジェの手伝いをしようと戻ったのだが、

「お、これはなんていう魚なんだ？」

ケリーがイジェの横に立っていた。

「シャケ！」

鱗を取りながらイジェが言う。

「鮭か。あー。季節ではあるな」

「キユウタイリクにもシャケがいるの？」

「いるぞ。基本的に海魚なんだが、産卵のときだけ川に戻ってくるんだ。新大陸でもそうなのか？」

「うん。このジキに、カワをノボッテくる」

ケリーは邪魔しないよう気をつけながら、イジェの手元を後ろから観察している。

「形態も似ているし……旧大陸の鮭と性質や味も似ているのかもしれないな」

「ウミはオナジだし」

「そうか。海は同じか。……ここで見上げる月も、きっと故郷と同じなのだなぁ」

「……詩人ですね」

ヴィクトルにそう言われて、ケリーは照れくさそうに頬《ほお》を赤くした。

34 遅い昼食

鮭の鱗を取り終わったイジェは、鮭の腹を割いて卵を取り出した。

赤くて大きな立派な卵だった。

「メスだったか」

「テオさん、タマゴ、どうする？」

「鮭の卵か？　旧大陸ではあまり食べないよな？」

俺《おれ》がヴィクトルとケリーに尋ねると、

「たしかに一般的ではありませんが、鮭の卵を塩に漬けて食べる地域もありますよ」

「うん、私は食べたことある。結構旨《うま》いぞ」

「そうなのか」

ヴィクトルとケリーは、鮭の卵を食べたことがあるらしい。

「じゃあ、アトでシャケのタマゴもチョウリするね。すこしジカンがカカルけどいいかな？」

「もちろん」

「ヨルゴハンにだすよ。ミンナにもワケテあげてもいいかな？」

イジェは鮭を捕ってきたヒッポリアスに尋ねる。

『きゅお！　いいよ！　みんなでたべよ！』

「いいってさ。ヒッポリアスは優しいな」

「きゅお～～」

俺は心優しいヒッポリアスを撫《な》でた。

「じゃあ、アトでタマゴはリョウリするね」

イジェは鮭の卵を魔法の鞄《マジック・バッグ》に入れる。

魔法の鞄に入れておけば、状態が変化しないので、便利なのだ。

「たまごたのしみ！　おいしい！」

「フィオも食べたことあるのか？」

「ある！」「わふ」

「みんなでしゃけをとってたべた！」

「わふぅ」

フィオたちの家族がまだ存命の頃の話だろう。

魔狼《まろう》も鮭を捕って食べていたようだ。

「さきにテオさんとヒッポリアスのおひるごはんにシャケのミをやこう」

「きゅおきゅお！」

イジェはてきぱきと鮭を解体していく。

それを、イジェの村の調味料であるミィスオを使ったタレで味付けて、野菜と一緒に焼いてくれる。

すぐにいい匂《にお》いがが漂い始めた。

「おお、すごくいい匂いだな」

「きゅお～」

「ミィスオとサトウとオサケ、シオをくみあわせると、おいしいミィスオダレをつくれるの」

「ほう」

「コムギコもアレバ、もっとちょうりのハバがでる」

昨日収穫した燕麦《えんばく》が使えるようになるときが楽しみだ。

鮭が焼き上がる頃、キッチンの入り口から冒険者たちがこちらを伺っていた。

匂いにつられたのだろう。

『みんなもたべる？　きゅお～』

「ヒッポリアスが、みんなも食べないかって」

「いいのか？」

「いや、でも俺たちは昼ご飯食べたし……」

「それはヒッポリアスとテオさんの昼食だろう」

「たくさんあるから大丈夫だろう」

「うん。イッパイあるよ？」

ヒッポリアスは大きな鮭を捕ってきたのだ。

そして、イジェはその大きな鮭を丸ごと一本調理してくれている。

魔法の鞄があるので、まとめて調理すれば、いつでも食べられる。

だから、食べきれなくて余る可能性を考えなくていいのだ。

「ミンナのブンもあるよ？」

「じゃあ……少しだけ頂こうかな、ごくり」

「タベタイひと！」

「「「はいっ！」」」

イジェの問いに冒険者たちが揃《そろ》って返事をした。

『みんなでたべる！　きゅおきゅお！』

ヒッポリアスは嬉《うれ》しそうに尻尾《しっぽ》を振っていた。

「シロ、クロ、ロロ、ルルもタベルよね？」

「わふ」

『たべるたべる』「ぁぅ」『たべる』

「みんなも食べたいみたいだ」

「わかった。アジツケをウスクするね」

「頼む」

イジェは最後に残っていた鮭の切り身のいくつかをシロと子魔狼《こまろう》たち用に薄味で調理してくれた。

魔狼だから、人間並みに濃い味付けでも問題はないらしい。

だが、念のためだ。

「ピイも食べるか？」

『ぴい～、ほんのすこしだけたべる。ておどーるのわけて』

「わかった、いいよ」

ピイはさほどお腹《なか》が空《す》いていないようだ。

「シロたちはマロウだから、ハンナマのほうがいいのかな？」

「どうだろう？　基本的に魔狼は生で食べるよな？」

「やいてもたべるよ！」『わふ！」

「ああ、そうか。魔狼たちは炎魔法を使えるんだもんな」

「そう！　かわをやくとうまい！」『わう！」

「じゃあ、カワもやくね」

「ありがと！」『わふ！」

シロと子魔狼たち用の鮭を焼いた後、イジェは皮もパリパリに焼いてくれた。

「わふう！」

どうやら、シロは鮭が好きなようだ。

いつもより反応がいい。

「カンセイ！　ショクドウにはこぼう！」

「任せろ」

俺は皿を出して、それにイジェが鮭をのせていく。

それを冒険者たちが食堂へと運んでくれた。

みんなにとっては間食だが、ヒッポリアスにとってはお昼ご飯。

ヒッポリアスの分をたくさんお皿にのせてもらう。

「これがヒッポリアスの分だよ」

「きゅお～」

「テオさんのブンも」

イジェが、俺の分も多めにのせてくれた。

「ありがとう」


そして、みんなで食堂に移動した。

席に座った俺を、

「…………」

「「……」」

シロと子魔狼たちがじっと見つめてくる。

どうやら、俺が先に食べるのを待っているらしい。

「そこまで気にしなくていいのだが」

「……」

「食べていいよ」

そう言いながら、俺も鮭を口に運ぶ。

焼けたミィスオの香ばしい匂いが、鮭の旨みと混じって、なんとも美味《おい》しい味になっている。

「旨いな。脂が乗ってる。その脂とミィスオの相性もいい」

「ああ、全《まった》く生臭くない。ミィスオが生臭さを消しているのか？」

ほんの二口分だけ皿にのせたケリーが言う。

「魔猪《まちょ》の肉も旨いが、鮭も旨いな。ピイも食べな」

「ぴぃ〜」

俺の皿からピイが少し食べた。

『ぴぃ〜うまい』

「もっとたべるか？」

『いらない！　ておどーるのほうがうまい』

「……そっか」

ピイは大食いなのだが、あまり人と同じ食べ物は食べないのだ。

「バターがあれば、またチガウオイシサになる！」

「バターか、たしかに合いそうだな」

冒険者たちも、

「旨《うま》い！　酒が欲しくなるな！」

などと言っている。

俺《おれ》とヒッポリアスよりも、かなり少ない量をちびちびと、まるで酒のつまみであるかのように食べている。

「うん、美味《おい》しいね」

アーリャも、ケリーや冒険者たちと同じぐらいの量を食べていた。

アーリャはちびちびではなく、バクバクといった感じだ。

あっという間に食べ終わる。

「美味しかった。やっぱりミィスオはいいね」

「うん。おクチにアッテよかった」

みんなが喜んだので、イジェも嬉《うれ》しそうだ。

『きゅお～、うまい』

「わふわふ」

『うまいうまい』『わぅ』『うまい』

子供たちも気に入ったようだ。

フィオが好きだという焼いた皮も食べる。

「ほう。これも旨いな」

香ばしい。そして皮の内側に付いた鮭の脂と塩味が非常によく合っている。

「うまい！」

「わふわふ！」

そうして、みんなで楽しく鮭を食べた。


「きゅお～」

鮭を食べ終わったヒッポリアスは俺のひざの上に乗る。

「眠くなった？」

『ねむくない！』

そう言うものの、ヒッポリアスは眠そうに見えた。

俺はヒッポリアスの背中をぽんぽんと軽く叩《たた》く。

「……きゅお」

俺は眠りかけているヒッポリアスを抱っこした状態で、皿を運びつつキッチンに戻る。

そして、近くの椅子《いす》にヒッポリアスを置いて、みんなと一緒に皿を洗っていると、

「シャケのタマゴをチョウリする！」

イジェが、準備を始めた。

「どういう手順なんだ？」

「まず、オユをワカス」

「沸騰させる？　任せて」

アーリャが張り切っている。

「アーリャは朝から魔法を使って、疲れただろう？」

「大丈夫。余裕だから」

「いやいや、俺たちにも仕事をくれ」

そう言ってアーリャ以外の魔導師たちが張り切っていた。

「わかった。みんなに任せる」

「おう、で、イジェ。沸騰させればいいんだな」

「アノ……イイニクイノだけど」

少しイジェが困ったような表情を浮かべていた。

「どうした？」

「ワカスというコトバがヨクなかった。ヌルマユがいいの」

「ぬる……まゆ……」

「こうスレば……ダイジョウブ」

イジェは蛇口からお湯を出して器に入れると、水で割って丁度いい温度にする。

「ゴメンネ？　ムラではオユをワカシテ、ミズでワッテいたから、つい」

「いやいや！　気にしないでくれ！」

「ぬるま湯なら、テオさんの水道から出せるお湯で充分か」

「お湯が出るのは、俺の水道というより、ヴィクトルの魔道具のおかげだけどな」

ヴィクトルが王都で屋敷を買えるほど高価なお湯を作る魔道具を持ってきてくれたおかげだ。

俺はそれを水道網に組み込んだだけだ。

「私の持ってきた魔道具では大した役には立ちませんよ。テオさんのおかげです」

そう言って、皿を洗い終えたヴィクトルが笑った。

「どちらが欠けても現状はないのは間違いない。ま、それよりお湯をどうするんだ？」

イジェを手伝うつもりらしい、ケリーが手を洗いながら言う。

「そんなにジュウロウドウじゃないから、テツダってくれなくても、イイのだけど……」

そう言いながら、イジェは、ぬるま湯の中に塩を入れていく。

「うん、コノグライかな。ウスメのシオミズでダイジョウブ」

「ふんふん」

フィオも興味津々な様子で、作業するイジェの手を見つめている。

子魔狼《こまろう》たちはヒッポリアスの隣の椅子で眠っている。

シロはその近くで横になっていた。

子供たちは鮭を食べて、眠くなったらしい。

「ヌルマユにシャケのタマゴをいれて……」

「ふむふむ」

「そして、タマゴをヒックリカエシテ……タマゴをバラバラにする」

イジェは手で卵を包む膜を二つに割って、ほぐしていく。

「ほう、簡単にバラバラになるものなんだな」

「うん。ヌルマユにいれるとカンタン。でも、チカラをイレタラだめ。ナデルかんじ？」

「なるほど」

イジェの手によって、鮭の卵はあっという間にバラバラになった。

「あとはアラウ。さっきとオナジ、シオをイレタヌルマユで……ジッカイぐらいアラウ」

「ぬるま湯作りは任せてくれ」

張り切った冒険者が、ぬるま湯を作る。

「アリガトウ」

それを使って、イジェが鮭の卵を洗う。

十回ほど、お湯を交換しながら洗い終わる。

「アラッタタマゴをザルにアケル」

イジェは鮭の卵をざるにあけた。

ざるはイジェの村から持ってきてもらったものだ。

非常にいい出来のざるなので、今度真似《まね》して作ってもいいかもしれない。

「もうたべられるのか?」

フィオが尻尾《しっぽ》を振りながら、ざるに入った鮭の卵を見つめている。

「まだだよ。イマはオユをキッテ、アジツケしやすくしてる」

「そかー」

「オユをキッテイルあいだに、タレをツクル」

イジェはお酒に砂糖を入れていく。

貴重なお酒が使われても、冒険者たちは何も言わなかった。

料理のためにお酒が使われることは、仕方がないことだと皆思っているのだ。

36 イジェの村の歴史

そして、イジェは酒を入れた鍋をかまどにのせた。

「おサケをフットウさせたいのだけど……」

先ほど鮭を焼くときに俺《おれ》とヒッポリアスがおこした火は消えている。

「ああ、任せろ」

魔導師の冒険者が炎魔法を使って、鍋に入ったお酒を沸騰させる。

長期間の調理でないならば、魔導師に手伝ってもらうのが早いのだ。

「沸騰したぞ」

「アリガトウ、ちょっとマッテネ」

その沸騰した砂糖入りのお酒に、イジェはセウユを入れていく。

セウユもミィスオと同じ、イジェの村から持ってきてもらった調味料だ。

「これをヨワビでサンプンぐらいにる」

「交替だ」

別の魔導師が、小さな炎を出した。

「弱火を長時間維持するのは難しいが、三分ぐらいなら俺でもできる」

「スゴイ！」

「よせやい」

冒険者は照れていた。照れても、炎に全《まった》く揺らぎがない。

かなりの腕前といえるだろう。

三分が経《た》つと、火から下ろして蓋をする。

「サマしてから、マゼルのだけど……タマゴのオユはきれたから」

イジェは鮭の卵を魔法の鞄《マジック・バッグ》にしまった。

「コマメにマジックバッグにいれるのはダイジ。クサラナイから」

「そうだな。イジェは魔法の鞄を使いこなしているなぁ」

俺よりも上手《うま》く使っている気すらする。

「エヘヘ。マジックバッグのナカだと、タレにツケタリ、サマシタリが、デキナイのだけど」

魔法の鞄に弱点があるとすれば、そこだろう。

状態変化しないので、魔法の鞄の中では、漬け込んだり冷ましたり発酵させたりができないのだ。

「これでヒトマズ、いまできるサギョウはおわり！」

「どのくらいでたべられる？」

フィオが目をキラキラさせて尋ねる。

「タレがサメたら、タマゴをツケテ、イチニチ、いやハンニチ、ツケコンだらかな！」

「はんにち！」

「タベラレルのはアシタ！」

「そかー！」


作業が終わったので、みんなで食堂に戻る。

俺はヒッポリアスを、フィオとシロとケリーが子魔狼《こまろう》たちを抱っこして移動する。

「そろそろ、ジゼラとメエメエも戻ってきている頃かな」

「あ、子ヤギですね」

「そうそう。ジゼラは子ヤギと仲良くなるために遊んでいるらしいんだが、さすがにそろそろ戻ってくるだろう。行ってくる」

「はい。大勢で向かったら、子ヤギを怯《おび》えさせるかもしれませんし、私たちは子ヤギが落ち着いてから行きましょう」

ヴィクトルの言葉で、立ち上がりかけた冒険者たちが座った。

ヤギの子供は可愛《かわい》いので、みんな見たいのだろう。

「ふぃおもいく」

「ああ、おいで」

「もちろん、私も行くぞ。子ヤギが怪我《けが》や病気していないかも気になるからな」

「頼む」

「イジェは……、ミンナにアイにいく」

「そうだな、みんなイジェには会いたいだろうな」

ヤギたちもフクロウたちもイジェが大好きなのだ。

カヤネズミたちもきっとイジェが好きだろう。

昨日、引っ越してきたばかりだから、イジェと会えた方が安心するに違いない。

俺はピイを肩に乗せ、ヒッポリアスを抱っこして、食堂を出て、ボアボアの家に向かった。

フィオとケリー、イジェが一頭ずつ子魔狼を抱っこしてついてきた。

シロは大人しく後ろから歩いてくる。

「シロは……」

「わふ？」

シロがタタタッと、俺の横に来て見上げてくる。

「シロ、ちゃんと散歩に満足した？」

「わふ！」

「そっか、どのあたりまで行ったんだ？」

「わふー」

どうやら、俺たちの拠点の周囲をぐるぐる回ったらしい。

「そんなに遠くまで行ってないのか。危ないからか？」

「わふ」

「なるほどなぁ。ヒッポリアスが同行しているとはいえ、危険といえば危険だからな」

ボエボエたちの洞窟はこの前、魔熊もどき、陸ザメたちの言葉で悪魔が現われたばかりだ。

陸ザメたちの育てていた甜菜《てんさい》の近くもそうだ。

イジェの村は悪魔によって壊滅した。

「なあ、テオ。悪魔って何だろうな」

「わからない。鑑定スキルが通用するから生き物ではないのは間違いないが……」

正確には「俺たちにスキルを授けた神には生物として認められていない」である。

「だからといって、アンデッドでもないし」

「そうか……。フィオとイジェは何か知らないかい？」

ケリーに尋ねられて、フィオは首を振る。

「わかんない！　みんなはあぶないくまがいるっていてた！」

「フィオたちの親狼《おおかみ》は知っていたということかい」

「わふわーう」

「しろが、きをつけろいわれてたて、いてる！」

「そうか、やはり知っていたのか。うーん」

ケリーは考えた後、イジェにも尋ねる。

「イジェはどうだい？」

「なにもキイタコトはなかった。あんなオソロシイものがイルなんてオモイモしなかった。……でも」

「でも？　何か気になることがあるの？」

「うん。サイキン、モシカシタラってオモウことがアルのだけど……」

思い出しながらイジェが話していく。

「ムカシバナシでトウサンが、アクマにクニをホロボされたって」

「国が？」

「そう。ムカシバナシというか、もしかしたらオトギバナシかもシレナイのだけど」

「いや、それはきっと関係あるぞ。詳しく聞かせてくれないか？」

ケリーは目を輝かせ完全に足を止めている。

「えっと、トウサンのトウサンの、ナンダイもマエのジダイなんだけど——」

何代も前の昔、イジェたちの一族の王国があったらしい。

その国は悪魔によって滅ぼされたと言う。

そして、生き残ったわずかな者が逃げてきて作ったのがイジェの村である。

「そういうハナシ。オトギバナシだとオモッテいたけど」

「王国ということは、王がいたのか？」

「イタっていってた。サイショはオウのコがソンチョウだったけど、ジウネンでソンチョウをヤメタんだって」

「なぜやめたんだ？」

「クニをマモレナかったから。ムラのキマリをキメタあと、ムラビトにナッタっていうオトギバナシ」

どうやら、イジェの村に伝わっていたのは、その初代にして最後の村長の物語らしい。

37 イジェの村の初代村長

数十年、もしかしたら数百年前、小さいながらも繁栄していた国があった。

そこには賢くて優しい王子がいて、みんなに慕われていた。

だが、突如、ものすごく強くて恐ろしい悪魔が襲ってきて、王と王子は戦ったが敗れて国が滅びた。

悪魔に受けた傷で死にかけた王が、民を連れて逃げろと王子に命じたのだという。

そして、王子は王国から遠く離れた森の中に村を作った。

数百人いた村人は、過酷な環境でどんどん死んでいき数十人になってしまった。

その苦難を王子は村人と力を合わせて乗り越えたのだ。

その過程で、家は個人のものだが、他は所有権ではなく使用権を持つといった独自のルールができたらしい。

村のルールを守ることで、村はなんとか存続できるようになった。

そして村の運営を軌道に乗せた後、王子は村長を辞めたという。


「なるほどなぁ。テオどう思う？」

「どう思うって言われてもな。俺《おれ》は学問を修めたわけではないからな」

素直に聞けば「村のルールは大切なので守りましょう」という教訓話だ。

「私だって、昔話は専門じゃないさ」

「だが、学院で基礎教養的に学ぶんじゃないのか?」

「そりゃ、多少は学ぶけどね……、専門家じゃないから断言はできないけど、こういうのは実際の出来事がもとになっていることも多いんだ」

「ケリーはその物語が実際にあったことだと思っているわけか」

「少なくともその話のもとになった出来事はあったんじゃないかな」

「イジェ、その王国はどちらにあったかって聞いてないか?」

「えっと、……アッチ?　ずっとトオクにアッタって」

イジェは遠くにある山を指さした。

「ヤマをコエテ、ずっと、ムコウにイッタところ」

「なるほど。大陸の中央方向か」

ケリーは難しそうな顔をする。

あまり遠くに調査に行くのは難しい。

そもそも曖昧な位置情報では、たどり着くことはできないだろう。

「ううーむ」

うめきながら、ケリーは先頭に立ってゆっくり歩き出す。

ケリーの思考を邪魔しない方がいいだろう。

そう考えた、俺とイジェ、フィオ、シロはその後ろをついていく。

「ところで、イジェ。昔話の中に、スキル持ちが多い理由とかなかった？」

イジェの村は人数の割にスキル持ちが異常に多いのだ。

スキル持ちが多いからこそ、過酷な環境でも、少人数で生き延びることができたのだろう。

ならば、数百人から数十人に村人が減った最初の苦難のところに、スキル持ちが多くなる要因がある気がした。

まず思いつくのが、スキル持ち以外死んだからである。

スキル持ちの親から生まれた子はスキル持ちが、やや多いことは知られている。

だが、それが血筋のおかげなのか、環境のせいなのかは学者の間でも意見が分かれている。

真相はわからない。

スキルが神の加護であるならば、神に好かれる一族というのがいてもおかしくはない気はする。

「うーん。オウジが、カミにイノッテ、スキルをモラッタって」

「祈って、貰《もら》うのか」

「そう。ダカラ、スキルはカミからモラッタモノだから、ミンナのタメにツカワナイトダメってをしえられた」

「そうか……もしかしたら、そのあたりから所有権と使用権のルールが生まれたのかもな」

「ドウイウこと？」

「スキルはみんなのものって、つまり所有権はスキル持ちの本人にはないってことだろう？」

「あっソウカ」

「でも、使用権はあるというか、使えるのは本人だけだから本人以外は使えない」

物質の所有権を認めたら貧富の差は必ず発生する。

そして、豊かな者に、スキル持ちがいなかった場合。

スキルだけがみんなのものならば、貧しいスキル持ちが豊かな者のために、無償でスキルを行使するという現象が発生しかねない。

それではスキル持ちに不満がたまり、争いのもとになる。

そう王子は考えたのかもしれない。

「ソッカー」

「俺もスキルをみんなのために使うってのは賛成だ。特に少人数の集落ならな」

今の拠点もそうだ。

みんなが、自分のできることをして力を合わせないと、生き延びるのは難しい。

「……イジェはスキルにツイテはよくシラナイんだ。まだオシエテもらってナカッタ」

「大人にならないと教えてもらえないのか？」

「うん。ソウイウキマリ」

「子供がスキルに目覚めたらどうするんだろうな？」

俺がスキルに目覚めたのはイジェよりも年上だったが、フィオのようにもっと若く目覚める者もいる。

「イジェのムラだと、オトナにならないと、スキルはモラエナイってきいたよ」

「……ふむ。旧大陸と仕組みが違うのか？」

考えながら、先頭を歩いていたケリーが急に振り返って言う。

真剣に考えながらも、話を聞いていたらしい。

「シクミ、チガウの？」

「うむ。旧大陸では、いつ誰《だれ》がスキルを貰えるのかは謎《なぞ》だ。それにスキル持ちの数も少ないしな」

「ケリー。仕組みが違うってのはあり得るのか？」

「授ける神が違うなら、あり得るだろう？　それに同じ神でも、大陸によって運用を変えるのかもしれないしな」

なんでもないことのようにケリーは言う。

その発想は俺にはなかった。

38 イジェたちの村のスキル

「俺《おれ》は、神はもっと普遍的なものだと思っていたけど……」

「言語神のようにか？」

「そうそう」

旧大陸の言語も新大陸の言語も、言語神の支配下にある。

おかげで、フィオやイジェとも話せるのだ。

「言語神は大神だからなぁ……まあ、神のことは人ごときが話し合ってもわからないからね」

そう言って、ケリーはイジェに微笑《ほほえ》みかける。

「大人になったら教えてもらえるという話だったが……大人になったらスキルに目覚めるのか？」

「うん。ソウ」

「詳しく教えてくれ。大人になったらとはいつのことだ？　成人になるのは十五と言っていたがそのときでいいのか？　全員がスキルに目覚めるのか？　そのスキルは選べるのか？」

「えっと……ジウゴになって、セイジンのギをうけたら、スキルがもらえる。だから、ジウゴのタンジョウビのヒトツキぐらいまえから、スキルについて、みんなのイエをまわって、オシエテもらう」

「全部の家を回るのか？」

「そう。セイジンになるひとがハナシをききにくるヒ、コドモはソンチョウのイエにトマル」

「……ほう。子供には絶対教えないという強い意志を感じるな。テオはどう思う？」

「子供が知るとよくないってことなんだろうが……危ないのかもしれないな」

そう言いながらも、少し引っかかった。

陸ザメたちの甜菜《てんさい》採りにも子供は連れて行ってもらえなかったと聞いた。

そして、イジェはメエメエやストラスとも会わせてもらっていなかった。

甜菜採りはともかく、メエメエやストラスは危険ではない。

むしろ危険から遠ざけるというよりスキルから遠ざけようとしたのではなかろうか。

仮に子供をスキルから遠ざけようとしたのならば、その理由がわからない。

「イジェ。大人になると何か儀式をするのか。それが終わればスキルを貰《もら》えるのか？」

「そう、ソンチョウとイッショにどこかにイッテ、モドッテきたら、スキルのおひろめ」

「どこに行っているのかは？」

「イジェはシラナイ」

「それはそうだよね……。スキルは選べないのか？」

「うん、エラベナイ。ダケド、オヒロメのときは、ドンナスキルでもミンナでよろこぶ。ゼッタイ、ほかのスキルがヨカッタとか、イマイチとかイッタラだめ」

神から頂いたものにとやかく言うのは不敬ということなのかもしれない。

「その場所が鍵《かぎ》だろうな。テオもそう思うだろう？」

「スキルを手に入れる鍵か？　まあ、そうなんだろうな。少なくとも旧大陸のシステムとは全然違う」

「わふー」

少し不安そうにフィオが俺を見上げていた。

「フィオのスキルの獲得方法は、俺と同じだ」

「わふぅ！　ておさんといいしょ？」

「ああ、一緒だよ。突然、気付いたら手に入ってた」

旧大陸ではそれが普通なのだ。

「神への祈りがキーワードか……」

ケリーは一人でブツブツとそんなことを呟《つぶや》きながら、先頭をゆっくり歩いていく。

ケリーの思考を邪魔しないよう、俺は黙って後ろをゆっくりついていった。

「フィオはスキルモラッタとき、どんなカンジだった？」

「わかんない！　でも、むかしからみんながはなしてることはわかてた」

「ソッカー」

イジェとフィオがそんなことを話していた。

39 汚れたジゼラ

少し歩いて、ボアボアの家が見えてくると、

「あ、テオさん！　待ってたよ」

ジゼラが笑顔でやってくる。

「ジゼラ、お前……」

ジゼラの服がよくわからない青い液体で汚れている。

ちょっと濡《ぬ》れているというより、青い液体の沼に飛び込んだのかように濡れていた。

「ジゼラ、それはなんだ？」

考え込んでいたケリーもジゼラの姿を見てぎょっとした。

「じぜらくさい！」

「きゅーん」

フィオが顔をしかめて鼻をつまみ、シロが俺《おれ》の足に鼻を押しつける。

『きゅーん』『ぴぃー』『くさい』

フィオたちに抱っこされて眠っていた子魔狼《こまろう》たちも目を覚まして臭いと騒ぎ始める。

「ダイジョウブ？」

鼻をつまみながらイジェが言う。

「たしかに臭いな。旧大陸の人族である俺でも感じられるぐらいだから……」

鼻のよいフィオやシロたちにとっては耐えがたい臭いのはずだ。

俺に抱っこされて眠っていたヒッポリアスも起きたようだ。

『くさい。きゅおー？　じぜらだいじょうぶ？』

「大丈夫だよ、ヒッポリアスは優しいなぁ」

そう言って、ジゼラはこちらにやってきて、ヒッポリアスを撫《な》でた。

『くさい、きゅおー』

「ジゼラ、それで、怪我《けが》はないんだよな？」

「もちろん。怪我を心配してくれるからテオさん好き」

ジゼラの顔や手などは実に綺麗《きれい》だ。

汚れているのは服だけだ。

「で、それはなんだ。青い沼で水泳でもしたのか？」

「あのね、ケリー。ぼくがそんなことするわけないじゃないか」

ジゼラは呆《あき》れたように言う。

「じゃあなんだ？」

「これはね。なんだっけ？　あの悪魔？　とかいうのを三匹ぐらい倒したんだけど」

「返り血か？」

「これ血なのかなー？」

俺は会話しながら、悪魔にひどい目に遭わされたイジェや子魔狼たちを見る。

イジェも子魔狼たちも怯《おび》えてはなさそうだ。

ジゼラやヒッポリアスが強さを知ることで安心できているのかもしれない。

俺はほっと胸を撫で下ろす。

「少しサンプルをくれ」

「いいよ、ケリーならそう言うと思った」

服についた青い液体。その固まった部分を、ケリーは小さな瓶《びん》に採取していく。

「鑑定するぞ」

「どうぞ」

「……毒じゃない。よかったな」

毒じゃないならば、ひとまず安心だ。

ジゼラはほっとした様子で息を吐いた。

「よかったー、少し口に入ったんだ」

「……飲んだら、さすがにお腹《なか》壊すぞ。飲食すべきではない」

「え」

「毒じゃなくても消化できるかどうかは別だ。とはいえ、少し入った程度なら大丈夫だろ」

「よかったー」

「ケリー。サンプル採取は終わったか？」

「ああ、終わった」

「ピイ。頼む。ジゼラが臭いんだ」

『まかせて』

ピイが俺の肩から、ジゼラにぴょんと跳んで、ジゼラの服をきれいにし始める。

「ありがとうね、ピイ」

『ぴっぴい。うまい』

悪魔の血すらピイにとっては美味《おい》しいらしい。

本当にすごいスライムだ。

俺は周囲を見回した。外には誰《だれ》もいない。

「みんな、家の中か？」

「そう、臭いって」

「そっか」

家の中を汚さないように、ジゼラは外で待っていたのだろう。

「テオ。鑑定結果を教えてくれ」

「ほとんど血液だな。だが鉄じゃなくて銅が多量に含まれている。それ以外はわからんな」

直接悪魔を鑑定できればもっとわかるのだが。

「銅。そういえば、そういう生き物が旧大陸にもいたな」

「いるのか?」

「いる。海にいる甲殻類なんだが、血が青いんだよ」

悪魔は生物ではない。

だが、血に似たものが体内を流れているならば、体の仕組みは生物に似ているのかもしれない。

「いや、悪魔によるか」

陸ザメを襲った悪魔は植物に寄生していた。

そんな生物は旧大陸にはいない。

「それで、ジゼラ。その悪魔はどんな形状だったんだ?」

「三匹ともザリガニっぽかった」

「遭遇の状況は?」

「メエメエと子ヤギのミミちゃんと遊んでたら、変な気配を感じて……メエメエとミミちゃんと離れて向かったんだけど」

どうやら、ジゼラは子ヤギのことをミミと名付けたらしい。

「変なほこらがあって、遺跡かなとか思っていたら、急に悪魔に襲われた」

「ほう? ほこらの中から悪魔が出てきたのか?」

「いや、外から」

「ならば、ほこらが巣というわけではないのか?」

ケリーの言葉にジゼラは首を振る。

「ほこらの中に怪しい気配があったから、多分あれは悪魔の巣だよ」

巣でなければ、拠点だろう。

ジゼラがそう思ったのならば、多分そうだ。

「縄張りに怪しい奴《やつ》がいたら襲いかかるか。魔熊もそうだし、悪魔もそうなのかもしれないな」

ケリーは魔獣学者らしく分析する。

「ほこらの中は調べてないのか？」

「メエメエとミミが心配だったし、それに……」

「それに？　なんだ？」

「ほこらの中の気配が、ちょっとやばそうだった」

「っ！」

俺は思わず息をのんだ。

ジゼラは笑顔だが「やばそうだった」とジゼラに言わせる存在は本当にやばい。

「メエメエたちの元に急いで戻って、遊ぶのを中断して送り届けたんだ」

「俺たちのところに報告に来なかったのは？」

「護衛だよ」

ジゼラがボアボアの家を離れた後襲撃があったら大変だと考えたようだ。

ボアボアも飛竜《ひりゅう》もいるのだ。ボアボアの家の戦力もかなり高い。

だが、ジゼラは護衛が必要だと判断した。

つまり、それほどの相手だ。

「子ヤギたちと遊んでいた場所からほこらはどのくらい離れていた？」

「うーん。走って五分ぐらい」

「この拠点からは？」

「走って六分ぐらいかな」

ジゼラが全力で走れば馬よりも速い。

そのジゼラが走って六分かかる距離ならば、普通の人族が普通に歩けば二時間弱だろうか。

「近いな」

「そうだね。テオさん、どうする？」

「拠点は潰《つぶ》さないとまずい」

徒歩二時間の距離、つまりジゼラなら五、六分の距離だ。

悪魔もそのぐらい速い可能性がある。

いつ襲われるかわからない。

「やっぱり潰さないとまずいよね。それなら手伝いが欲しいかな」

「そうだな、あとでヴィクトルとアーリャたちに相談しよう」

少なくともヴィクトルとアーリャには手伝ってもらいたい。

武器と防具も点検し直すべきだろう。

「ジゼラはどう思う？　すぐに攻め込むべきだと思うか？」

「今からだと夜になるよ？　明日の朝がいいよ」

「やはり、そう考えるか」

そう答えることは予想できたことだ。

もし、すぐに攻め込むべきだと考えていたのならば、ジゼラはこんなところで俺たちを待ったりしていない。

ヤギの家の防衛を重視するとしても、拠点にメエメエかストラスを派遣して、俺たちを呼び寄せただろう。

「うん。あいつらは多分夜行性だし」

「勘か？」

「そうだよ？」

ならば、当たる可能性が高い。

敵が昼行性でも、夜は俺たちのパフォーマンスが落ちる。

攻め込むならば、昼間がいい。

「ただ、夜襲には気をつけないとな」

「今晩、ぼくはこっちに泊まるよ。そっちは任せた」

「わかった」

「きゅおー」

「ヒッポリアスも頼りにしてるよ」

「きゅうお！」

ヒッポリアスは俺に抱っこされたまま、ぶんぶんと尻尾《しっぽ》を振った。

そのとき、ジゼラの服をあっという間にきれいにしたピイが俺の肩の上に戻ってくる。

「ありがとう、ピイ、綺麗になったよ」

「ぴっぴぃ～」

「臣下スライムたちも、きれいにするって言ってくれたんだけど。ケリーがサンプルを欲しがると思ってさ」

そう言ってジゼラは笑う。

皮膚についた分以外は、汚れたままにして待機してくれていたらしい。

「ありがとう、配慮してくれて」

「なんのなんの」

「でも、次からは、上着一枚でいいよ。もし毒だったら大変だし」

「そっかー。毒ではないと思ったけど、毒の可能性もあったのかー」

毒ではないと判断したのは恐らく勇者の勘だ。

「ジゼラの勘はよく当たるが、絶対ではないからな」

「うん、気をつけるよ」

そのとき、ヤギたちの家の扉が開いた。

下のメイン入り口からはメエメエたちヤギたちが、カヤネズミたちを乗せて駆けてくる。

そして上のベランダからストラスたちフクロウが飛び出してきた。

40 子ヤギのミミ

Hennaryu to moto yuusha party zatsuyougakari shintairiku de nonbiri slowlife

出てきたヤギたちとカヤネズミたちとフクロウたちは、

「めぇぇ～」『ほっほう！』『ちゅちゅ』

一目散にイジェのところに駆けつける。

「みんな、ゲンキ？」

「めぇ～」『ほっほほう』『ちゅっちゅちゅちゅ』

イジェは本当に大人気だ。

フクロウたちが撫《な》でてくれとイジェに体を押しつける。

ヤギたちはイジェを取り囲んで、鼻を押しつけて匂《にお》いを嗅《か》いでいる。

ヤギたちは馬より大きいので、完全にイジェを見下ろす形になっていた。

カヤネズミたちはそんなヤギの背中から首に移動して、イジェにアピールしている。

下はフクロウ、上はヤギという二重包囲を受けて、

「みんな、オチツイテ」

イジェは少し慌てていた。

「まあ、待て待て」

ジゼラがイジェの隣に立って、ヤギたちを撫で回す。

そして素早くイジェが抱っこしていたロロを抱き上げる。

同時にフィオがイジェとフクロウの間に入った。

「みんな、いじぇがこまてるよ！　ふくろうたち、じゅんばん！」

「……ほほぅ」

フィオに叱られて、フクロウは大人しく並び直す。

「やぎも！　じゅんばん！　そこ！　ずつきしようとしない！」

「めぇ……」

どさくさに紛れてイジェに頭突きしようとしたヤギがフィオに叱られる。

ヤギは親愛の情を示すために頭突きしたりするのだ。

順番に並んだヤギたちとフクロウたち、そしてヤギに乗るカヤネズミをイジェは順番に優しく撫でた。

「めえ～」

ヤギの中で最初にイジェに撫でられる栄誉を得たメエメエが、こちらにやってくる。

「子ヤギはどこにいる？」

「めえ～」

メエメエはヤギの家の方を目で示す。

「…………」

ヤギの家の入り口から顔を半分だけだして小さな子ヤギがこちらを見ていた。

本当に小さな子ヤギだ。

大人のヤギは馬のように大きいのだが、子ヤギは旧大陸の普通の子ヤギぐらいと変わりない大きさだ。

「シロ、少し離れていてくれ」

「…………」

念のために体が比較的大きい魔狼《まろう》のシロには下がってもらう。

ヤギにとって、狼《おおかみ》は天敵なのだ。赤ちゃんヤギにとっては怖いだろう。

シロは俺《おれ》が離れろと言った理由を理解して、吠《ほ》えたりせずにイジェの近くに移動した。

子魔狼《こまろう》たちをどうするか迷ったが子ヤギより小さいぐらいだから大丈夫だろう。

「ミミだね。こっちにおいで」

「……」

「大丈夫、怖くないよ」

敢《あ》えてテイムスキルの強制力は使わずに呼びかける。

テイムスキルは意思の疎通だけに集中させた。

俺の言っている内容は、ミミに正確に伝わっているはずだ。

だが、ミミはこちらにやってこない。じっと俺たちを観察するように見ている。

「めえ～～」

ミミの母ヤギがこちらにおいでと呼びかけるも、ミミは動かない。

「ミミ、おいでー」

イジェのフォローをしていたジゼラがロロを抱っこしたままやってきて呼びかけた。

「めえ～～」

するとミミは駆け出してくる。

「めえ～めえ！」

楽しそうにジゼラに頭突きし始めた。

「ずいぶんと懐いているんだな」

俺がそう言うと、ジゼラは自慢げにふふんと笑った。

「そりゃ、一緒に遊んだからね、ねー？」

「めえ～」

「人見知りするヤギなのか？」

「まあ、赤ちゃんだからね。紹介するね。この人がテオドール」

「……めぇ」

ミミはジゼラの足の後ろに隠れて、うかがうように俺を見る。

「ミミ、よろしくな。仲良くして欲しい。この子はヒッポリアスで、こっちがピイ」

「きゅお～」

「ぴい」

俺は抱っこしたヒッポリアスと肩に乗ったピイを紹介する。

「めえ」

メエメエが怖くないから安心しなさいと言ってくれる。

「おいでー。怖くないよ。ヒッポリアスも怖くないよ」

「…………め」

ミミはゆっくりと近づいてくると、俺のひざあたりの匂いを嗅ぐ。

俺は地面にヒッポリアスを降ろした。

「きゅおー」

「めえ～」

ヒッポリアスとミミは互いに匂いを嗅ぎ合った。

「ミミ、こっちがフィオで、こっちがケリー」

続いてジゼラがフィオとケリーを紹介する。

「よろしく！　みみ！」

「……め」

「ケリーだ。魔獣学者をしている。触れてもいいか？」

「めぇ！」

「さわていいて！」

ミミはもう触ってもいいと言って、堂々としている。

さっきまで警戒してたのに、もう慣れたらしい。

「ありがとう。ふむふむ。……病気の兆候もなさそうだし、怪我《けが》もしてないな。痩せてもいないし、健康状態はよさそうだ」

「めぇぇぇ」

ケリーに触診されて、ミミは気持ちよさそうに鳴いている。

相変わらずケリーは動物を触るのが上手《うま》いようだ。

その様子を、メエメエが優しい目をして見つめている。

「メエメエ、ボアボアたちには紹介したのか？」

「めえ～」

「もう紹介済みか。飛竜《ひりゅう》のこと怖がらなかったか？」

「めめ～」

「すぐ慣れたか」

警戒するのは最初だけらしい。

「ミミ、ダニのチェックをしよう」

「めえ？」

「怖くないから安心してね、ピイ、お願い」

「ぴっぴい」

ピイがぴょんとミミの上に飛ぶ。

「めえ～」

ミミは少しびっくりした様子だが、すぐに落ち着いてピイにされるがままになった。

ピイはミミの全身を舐《な》めるように移動する。

『だに、さんびきいた！』

「そうか、ピイありがとう」

草木の中で暮らしていたら、当然ダニはくっつくのだ。

「ぴっぴぃ」

「めえ～」

ミミはピイに頭突きをしてぽよんと弾かれる。

それが楽しいらしく、三回繰り返した。

「めえ～？」

そして慣れたミミはジゼラ、フィオ、ケリーが抱っこする子魔狼たちを見て、「誰《だれ》？」と聞いた。

子魔狼たちは吠えたらミミを怯《おび》えさせると思ったのか、鳴き声を上げずに黙ったままだ。

「このこがくろ、このこがろろ、このこがるる！」

そう言って、フィオが子魔狼を紹介する。

「ロロも、ご挨拶《あいさつ》しな」

ジゼラがロロを地面に降ろしたら、フィオとケリーもクロとルルを地面に降ろした。

『くろ！』「ぁぅ」『あそぼ』

「めえ～」

「きゅお！」

子魔狼たちとミミ、ヒッポリアスが遊び始める。

俺はそろそろイジェとシロを紹介したくて、様子を見る。

イジェとヤギやカヤネズミたち、フクロウたちのふれあいが一巡したようだ。

だが、ほとんどみんなもう一度撫でて欲しくて並び直しているので、列は減っていない。

「イジェ、みんなもすまない。ミミを紹介したいんだが……」

「ワカッタ。またアトでね」

「めぇ～」「ちゅ～」「ほう～」

ヤギたちは残念がってはいるが、イジェを解放してくれた。

「しろもおいでー」

「……」

フィオが呼ぶと、シロはゆっくりと、イジェの後ろを歩いてくる。

シロなりにミミを怯えさせないようにしているのだろう。

「ミミ、イジェだよ。ヨロシクね」

「めえ～」

ミミはイジェに頭突きする。

「このこがしろ！　なかよくしてね！」

「わふ」

「め！」

フィオからシロを紹介されると、ミミはぴょんと跳んで、シロの背中に乗った。

さすが魔獣のヤギだけあって、赤ちゃんでも跳躍力は高いらしい。

「わふ？」

「めえ～～」

「シロ、ヤギは高いところが好きなんだ。痛くないか？」

「わふぅ～」

シロは痛くないし、乗りたいなら乗っていいよと言っている。

最初警戒していたミミも、もうすっかり怯えていない。

みんなと仲良くできそうでよかった。

「ミミ、暖炉《だんろ》の注意点とかサイロの危険性とか教わったか？」

「めえ～？」

「まだか。じゃあ、一通り説明しよう」

「め！」

俺はシロの背中に乗ったミミを連れて暖炉やサイロの説明をして回る。

母ヤギとメエメエが俺の後ろをそっとついてきた。

ヒッポリアスと子魔狼も後ろをついてくる。

「ケリーとフィオは……」

ケリーたちにも声を掛けようとしたのだが、

「順番に並んでくれ」

「じゅんばん！」

ケリーは、フィオを通訳としてヤギやカヤネズミ、フクロウたちの診察を始めていた。

きっと診察兼生態調査なのだろう。

「オワッタら、ナデテあげる」

「めえ～～」「ちゅちゅう」「ほう！」

「はいはい、順番順番」

イジェが診察の終わった動物たちを順番に撫で回し、その列をジゼラが整理していた。

「まあ、任せよう。ミミこっちだよ」

「めえ～」

「これはサイロといって……」

「めえ！」

「――これが暖炉。熱くなるから……」

「めえぇぇ!!」

「――屋根は一応登れるようになっているんだが、登っていいかはお母さんに聞いて……」

「めえぇぇぇぇ！」

「――これがお風呂《ふろ》。暖かいよ。濡《ぬ》れてもスライムたちがみずを吸ってくれるから冬も安心だ……」

「めえええ!!」

一通り子ヤギにボアボアとヤギの家周辺の施設を説明して回った。

「そうだ。このまま拠点移動してみんなに紹介しようか」

「めえ?」

「知らない人が一杯いるけど、怖い?」

「めえ!」

「怖くないか。じゃあ、行こうか。あ、ジゼラ、少し拠点に戻ってるよ」

「わかったー。一応悪魔についてヴィクトルに報告しといてー」

「ああ、わかってる」

俺はシロの背に乗るミミと一緒に拠点に戻る。

母ヤギとメエメエ、ヒッポリアスと子魔狼たちも一緒だ。

歩き出してから俺はメエメエに尋ねた。

「メエメエ。ところで、ミミの父ヤギって誰なんだ?」

「めえ~」

メエメエはケリーに診察されている一頭の雄ヤギを顎で指した。

「あいつが父親なのか」

その割にはミミと特別仲いいようにも見えないし、面倒を見ているわけでもない。

「めぇ～～」

「ふむ、父ヤギはあまり子育てに加わらないのか」

そのあたりは種族によって違うものだ。

魔狼や飛竜は父親も熱心に子育てするが、そうではない種族も多い。

「めえ～？」

「人族はどうなのか？　って、うーん……それぞれだな」

「めえ～」

「メエメエがミミの面倒を見ているから、父ヤギはメエメエだと思ったよ」

「めえ～」

「群れの長だからか。なるほどなぁ」

長としてみんなの面倒を見るのは当然。

特に保護されるべき子ヤギのミミは、特に長が目を掛けなければいけない。

そういうことらしい。

「めえ？」

「……俺たちの村で人族の赤ちゃんが生まれたらか」

考えてなかったが、可能性はありうる。

「めえめえ？」

「もちろん、長のヴィクトルは赤ちゃんの面倒見るだろうな。だがどうなるかは実際にはわからないが……」

「め〜」

「でもまあ、誰の子だろうと、俺も子育てを手伝うし、他のみんなも手伝うと思うよ」

「め〜〜」

ヤギも、今こそイジェに夢中だが、基本的にはみんな手伝ってくれるらしい。

「そっか。その方がミミも寂《さび》しくないいな」

「め〜」

ミミはシロの背中の上で、勢いよく短い尻尾《しっぽ》を振っていた。

41 ミミをみんなに紹介しよう

Hennaryu to moto yuusha party zatsuyougakari shintairiku de nonbiri slowlife

拠点に着いたら、ミミとメエメエ、母ヤギに施設の説明をしていく。

「ミミ！　これは廊下だ。建物同士を繋《つな》げたんだ。冬も寒くないようにね」

「めえ～」

「――ここがトイレだ！　とはいえみんなの宿舎にもトイレがあるから利用されることは少ないんだが……」

「めえ～～」

「――ここがヒッポリアスの家だ！　いつも俺《おれ》はここで寝起きしている。フィオとかシロもそうだよ」

「きゅお！」

「めえ～～」

「俺に何か用があるときは、ここに来てくれればいい」

「め！」

「――そしてこっちが……」

建物を一棟ずつ説明していく。

ミミは好奇心が強いらしく、説明を楽しそうに聞いていた。

「最後に食堂だ。多分、たくさん人がいるからびっくりしないようにな」

「めえ」

「ミミ、抱っこしようか？」

シロの背中の上より、俺に抱っこされていた方が安心すると思ったのだ。

「め？　……めえ！」

どうやらミミは抱っこして欲しいらしい。

「よし、任せろ」

俺はミミを抱き上げた。

尻尾《しっぽ》が勢いよく揺れる。

「ミミの毛は柔らかいな」

そして、暖かい。

「めえ～」

「よし、じゃあ入るぞ」

俺は食堂の扉をそっと開ける。

冒険者たちが楽しそうに話をしていた。

今日は休みの冒険者が多いのだ。

本当は周辺学術調査の予定もあったのだが、学者先生が強烈な筋肉痛になったのでお休みだ。

昨日、麦の収穫で張り切りすぎたせいだろう。

「みんな、今いいか？」

「その子が例の子ヤギですね」

裁縫仕事をしていたヴィクトルが手を止めてこちらに来る。

「…………」

ミミはヴィクトルを見てびくりとする。

なにやら、また人見知りを発動しているらしい。

今、みんなに紹介してもミミは緊張するだろう。

ミミが落ち着くまで、少し待った方がいい。

だから、しばらく俺はヴィクトルたちと雑談することにした。

「そうだ。みんなは作業中か？」

「ええ、イジェさんの村から頂いた冬服を手直ししています」

ヴィクトルは俺の考えを察して、ミミをあまり見ないようにして応対してくれる。

声も、静かに落ちついた調子だ。

「久しぶりの裁縫仕事だよ」

冒険者たちも落ち着いた静かな声で話してくれる。

俺が抱いたミミが怯《おび》えた様子なのに気付いてくれたようだ。

「そうか、みんなで室内作業するなら食堂か」

「個室だと飽きるからな、みんなで話しながらがいいだろう？」

「言ってくれたら手伝うのに」

「テオさんには、今日一日だけで、サイロにヤギの家、暖炉《だんろ》を作っていただきましたから」

「そうだそうだ。テオさんばかり働かせるわけにはいかないだろ？」

戦士の冒険者が小さい針を器用に動かして作業している。

丸太のように太い腕とそれに見合った太い指だというのに、動きが繊細だ。

「見かけによらず、裁縫が上手《うま》いんだな」

「俺たちは一般冒険者だぞ。一般冒険者のパーティにテオさんはいないんだよ」

戦士の冒険者はにやりと笑った。

「なるほどなぁ。それもそうか」

スキル持ちの雑用係など普通のパーティにはいない。

だが、冒険中、衣服は当然破損する。

そのとき、自分たちで直せなければ話にならない。

いちいち服が破れた程度で、引き返すことはできないし、予備の衣装を持っていく余裕もないのだから。

ちなみに、ジゼラは裁縫は苦手だ。

俺が衣服の修復も担当していたので、裁縫技能を習得する必要がなかったからだろう。

「テオさんは裁縫苦手なんだろう？　製作スキルでも衣服は中々難しいと聞いたぞ」

「それはそうだ。もちろん修復も仕事ではあるんだがな。なかなかな」

俺が担当したのは応急処置だ。

破れた部分を塞《ふさ》ぐ。ジゼラたち若者の成長に合わせた手直し。

見た目や快適性は二の次にして、とりあえずつぎはぎして凌《しの》ぐので精いっぱいだ。

「武器防具は命にかかわるから必死に直すんだが……衣装の見た目が悪くても魔物は気にしないからな」

「そりゃそうだ」

「ちげえねえ」

そんな会話をしながら、俺はミミの様子を観察し続けている。

冒険者たちもミミが気になるのか、ちらちら見ている。

だが、皆一流の冒険者だけあって、ミミに気付かれないようにさりげなく見ている。

当初、ミミは怯えた様子で、俺にくっついてプルプルしていた。

だが、今はきょろきょろとして冒険者たちを観察し始めていた。

俺と仲良く話すみんなを見て、怖くない人たちだと思ったらしい。

「ミミ、みんなに紹介していいかな?」

「めえ〜」

ミミは元気に鳴いた。

「すぐに紹介するよ。みんなも入ってくれ」

俺はメエメエと母ヤギも室内に入ってもらう。

「おお、部屋の中で見ると外で見るより立派に見えるなぁ」

メエメエが大きいので室内が狭く感じるほどだ。

「大人のヤギはみんなも昨日会ったから知っているよな」

「ああ」

「それで、この子はミミ。今日やってきた赤ちゃんヤギだ」

「めえ～」

「ヴィクトルです。よろしくお願いしますね」

ヴィクトルがミミに頭を下げる。

「めえぇ」

「撫《な》でていいらしいよ」

「ありがとうございます」

ヴィクトルが優しく背中を撫でると、ミミは尻尾を振った。

42 拠点の備え

それから、冒険者たちが立ち上がってこちらに来て、順番に自己紹介していく。

冒険者たちは名乗った後、ミミを撫《な》でる。

ミミは撫でられるのが好きらしく、嬉《うれ》しそうに尻尾《しっぽ》を振っていた。

みんなの自己紹介が終わると、

「めえ～～めえー」

「わかったわかった。暴《あば》れないようにね」

「め～」

ミミが降ろせというので俺《おれ》は床に降ろした。

すると、ミミは冒険者たちに頭突きして回る。

「おお、可愛《かわい》いなぁ」

ミミは冒険者たちに撫でられて、満足げに尻尾を揺らしている。

警戒して怯《おび》えていた姿からは想像できないほど人懐こい。

人見知りするが、基本的に人が好きなのだろう。

「……可愛い」

アーリャもぼそっと呟《つぶや》いて、子ヤギを撫でていた。

そんな子ヤギと、ヒッポリアスと子魔狼《こまろう》たちが遊び始める。

シロはそばで子供たちを見守りながらお座りして、冒険者たちに撫でられていた。

「ところで、ヴィクトル。まずいことが判明して対応が必要なんだが」

「なんでしょう？」

子供たちを怯えさせないように、俺もヴィクトルも静かに落ち着いて話す。

冒険者たちも平静を装って子供たちを構いながらも、話を聞いているようだ。

「悪魔が出た。ジゼラが三匹殺したが、巣があるらしい」

「巣ですか。どのあたりでしょう？」

「ここからジゼラが走って、六分らしい」

「……ジゼラさんで六分ならば普通に歩いて二時間ぐらいですね」

「そのぐらいだろう」

「詳しい話を聞かせてください」

「ジゼラがミミと遊んでいる途中、不穏な気配を察知。そちらに走ると、ほこらを発見したそうだ」

「ほこらですか？」

「ああ、そこでジゼラは悪魔三体に襲われて倒したんだが……。ジゼラはほこらの中から悪魔の気配を感じたと」

「……ジゼラさんはなんと？」

「やばそうだった、と。だからミミとメエメエたちが心配だからほこらには入らずに戻ったと」

「なんと。そこまで？」

ジゼラにやばそうだったと言わせる敵はそうそういない。

冒険者たちに緊張が走った。

それでもミミや子魔狼たちに、緊張したことを悟らせないのはさすがだ。

「ジゼラは、ほこらを潰《つぶ》すなら、手伝いが欲しいと」

「……なんと」

ヴィクトルはますます驚いて、目を見開いた。

ジゼラは、何かあれば、一人で突っ込んで、埒《らち》をあけさせるタイプなのだ。

「まあ、ジゼラなりに護衛とか、拠点の防衛とかいろいろ考えたんだろうがな」

きっと一人で活動していたのなら、ジゼラもそのまま突っ込んだに違いない。

「それでテオさんはどう判断されてますか？」

「ミミを連れて、紹介してるぐらいだから察しているとは思うのだが」

「緊急度は低いと？」

「低いとは言わない。だが、すぐにできることが少ない。これから夜だからな」

「それは、そうでしょうね。ジゼラさんは夜襲を提案されなかったのですね？」

「ジゼラは朝がよかろうと。あいつらは多分、夜行性だから、と」

「ジゼラさんの勘ですか？」

「そう、勘だ」

「ならば、朝に仕掛けましょう」

ジゼラは神に愛されし勇者。

そのジゼラの勘は皆に信用されているのだ。

「ジゼラさんはボアボアさんの家の方を守ると？」

「そうだな、夜襲を警戒してのことだ」

「ジゼラさんが、警戒が必要だと思われたのならば、必要なのでしょうね。私たちも警戒しましょう」

ヴィクトルがそう言うと冒険者たちは力強く頷《うなず》いた。

「とりあえず、向こうの防衛はジゼラに任せるとして、こちらは……」

『ぴい！　けいかいなら、まかせて！』

「ピイ、いいのか？」

『うん。しんかすらいむたちに、けいかいしてもらう！　あくまがきたら、みんなにおしえる』

「ありがとう。助かる。ヴィクトル。ピイと臣下スライムたちが見張りをしてくれるらしい」

「ありがとうございます。ピイさん、なんとお礼を言ったらいいか」

「ぴっぴい！」

嬉しそうにピイが鳴いた。

『でも、おふろとかせんたくとか、きょうはできない！　だいじょうぶ？』

「もちろん。一日ぐらいなら問題ないよ。ありがとう」

俺は皆に臣下スライムたちがいつもやってくれている風呂《ふろ》の浄化と洗濯ができないことを伝える。

皆は無言で頷いた。

「テオさん。防衛体制ですが……」

「臣下スライムが報《しら》せてくれたときに、すぐに飛び出せるようにだな」

「寝ていても報せが来たら飛び起きればいいのですが」

「まあ、そうだな」

寝ていても、何かあれば即座に起きて戦える。

それは冒険者にとって基本技能だ。

それができない奴《やつ》は冒険者として長生きできない。

開拓団に参加しているのは全員が一流冒険者だから、その点は心配はない。

「まあ廊下があるから、室内で寝てたら対応が遅れるよな」

「そうですね」

「俺が外で待機しよう。ヒッポリアスも一緒に頼めるか？」

『いいよ！　きゅおきゅお！』

「ありがとう。ピイも頼みたい」

『ぴい！　とうぜん！』

「ありがとう。ということで、俺とヒッポリアス、ピイが中庭で寝よう」

ヒッポリアスがいれば、戦闘面で安心だ。

そして、ピイは特に臣下スライムからの警報を漏《も》らさない。

鳴いたり特殊な振動とかで臣下スライムは伝達するのだと思うが、それを確実にキャッチできるのはピイである。

43 武器防具の修復

「では私も待機しましょう。腕が鳴りますなぁ」

ヴィクトルが腰に差した剣に手を置いた。

冒険者たちの中には拠点では武器を持ち歩かない者もいる。

だが、ヴィクトルは基本的に武器を携帯しているのだ。

「私も外で待機する」

アーリャも張り切っている。

「ありがたいが、アーリャは今日魔法を使いすぎただろう？」

「余裕」

「余裕か、だが本番は明朝だぞ？」

俺《おれ》とヴィクトルが外で寝るのは、襲撃に備えるためだ。

昨日まで襲撃されなかったのだから、今晩襲撃される可能性はそう高くない。

もちろん、ジゼラにほこらを見つけられたことに気付いた悪魔が先手を打つ可能性もあるのだが。

「明朝も参加する」

「うーん。どうする？　ヴィクトル」

アーリャが冒険者たちの中でも特に強い魔導師なのは間違いない。

だが、今朝《けさ》からずっととろ火で甜菜《てんさい》を煮ていたので、集中力も疲れもあるだろう。

「そうですね。アーリャさんには廊下で寝てもらいましょうか」

「わかった」

廊下は外よりもずっと暖かい。

そして、部屋の中で寝るよりもずっと早く外に飛び出せる。

「うーん。明朝以降の計画ですが……」

そして、ヴィクトルは全員を見回した。

「私とテオさん、ジゼラ、アーリャ、ヒッポリアスとピイで、ほこらに攻め込みます」

冒険者たちは大人しく聞いている。

冒険者たちの中には、自分も攻め込みたいと思っている者も少なくない。

だが、皆がヴィクトルのことを信頼し尊敬しているので、異論が出なかった。

「皆さんにはこちらとボアボアさんの家の拠点防衛をお願いします」

「ヴィクトルさん、何対何で分けたらいい？」

「そうですね、向こうには飛竜《ひりゅう》さんとボアボアさんもいらっしゃいますし、八対二でお願いします」

「わかった」

飛竜は、地元では竜王になるほど、強い竜だ。

ボアボアは悪魔にやられて死にかけた過去がある。

だが、ボアボアもけして弱くはないのだ。

「明日の戦力分散についてですが、こちら側に――」

ヴィクトルは細かい戦力配分も皆に伝える。

「今晩は就寝時も武装を解かずにお願いします」

「もちろんだ」

ヴィクトルは言わなくてもわかるような当たり前のことも丁寧に指示を出していく。

そうやることで、うっかりを防ぐのだ。

冒険者たちとシロ、メエメエは真面目《まじめ》に聞いていて、子供たちを構えていない。

だが、ミミとヒッポリアス、子魔狼《こまろう》たちはそんなこと関係なく嬉《うれ》しそうに遊んでいる。

母ヤギは子供たちの近くで横になって監督していた。

「みんな。武器防具、その他、戦闘に必要なものの調整や修復は任せろ。全部持って来てくれ」

「わかった！　だが、武器防具は毎日手入れしているからなぁ」

「うんうん」

「冒険者として戦闘する機会がなくとも、手入れは怠らないのは基本だからな」

みんながそんなことを言っている中、若い冒険者がおずおずと手を上げる。

「あっ、俺、テオさんにお願いしたい修理して欲しい防具があるんだけど」

「いいぞ、持ってこい。ついでに武器も持ってこい、見てやろう」

「ありがとう。すぐ持ってくる！」

若い冒険者は嬉しそうに走って食堂を出ていった。

「……あ、実は俺も」

「恥ずかしながら俺も……壊れたわけじゃないんだが、ずっと鎧《よろい》に気になる箇所があって」

「いいぞ、全部持ってこい」

「ありがてぇ！」

数人の冒険者が走っていった。

「俺たちも準備しに行くか」

「そうだな」

それ以外の冒険者たちも自室へと戻っていく。

そんな中ヴィクトルは食堂に残った。

「ヴィクトルはいいのか？」

「私は、いつでもやれますから」

「凄《すご》いな、常に戦闘態勢なのか？　疲れないか？」

「逆ですよ」

頭突きしてきたミミの頭に拳《こぶし》を合わせてやりながら、ヴィクトルは微笑《ほほえ》んだ。

「逆？」

「ええ。常に無理なくできる装備を全力の武装としているだけです」

言葉通り受け取れば、全力の武装の基準を落としているように聞こえる。

だが、それほど単純ではないのだろう。

「常に戦場にいるつもりでことをなせというやつか」

冒険者や騎士にとって大切な心構えと言われている言葉だ。

だが、実践できている者はほぼいない。

「まあ、そういう言い方もあるかもしれませんね」

装備や所持品を厳選するだけでなく、体を鍛えて、所作と心構えに気を使っているに違いない。

「ヴィクトルは装備の修理や調整は必要ないか？」

「はい、もし必要を感じた場合はその日のうちに言っていますから」

「そうか。俺としてもその方が助かるな」

「でしょう？　直前にたくさん持ってこられても、間に合うとも限りませんし……」

そこに冒険者たちが駆け込んでくる。

「テオさんに調整してもらいたい防具を持ってきたぞ！」

「了解。修理調整して欲しい武器と防具は身に着けてくれ。その方がわかりやすい」

「わかった！」

冒険者たちは武器と防具を身に着ける。

一流冒険者たちばかりなので、鎧を身に着けるのもかなり速い。

皆あっという間に着用し終える。

俺は魔法の鞄《マジック・バッグ》から金属のインゴット類を取り出して机に並べる。

防具の素材としてよく使う革なども出しておく。

そして、最初に装備を終えた冒険者に尋ねる。

「それで、どこを調整して欲しいんだ？」

「肩の部分が――」

「あー、なるほど。調整すべきは肩じゃないな。腰の部分が緩くなって、肩に負担がかかっているんだ」

「そうなのか？」

「少し、調整してみよう。…………よし、完了」

冒険者たちが驚いて目を見開いた。

「さすがに速すぎないか？」

「ああ、テオさんが凄腕《すごうで》なのは知っているけど……さすがにな」

そんな冒険者たちに俺は笑って告げる。

「俺の元々の本職は勇者パーティーの雑用係だぞ。武器防具の調整なんて戦闘中にこなせないと話にならん」

「戦闘中にか……改めて聞いても凄《すさ》まじいな」

「ジゼラたち自体が速いから大変なんだ。そのうえ俺自身も気配を消しながら、敵の攻撃をかわして、修復しないといけなかったからな。調整も速くないといけないんだ」

「ほー」

「じゃあ、次はどいつだ?」

「剣が刃こぼれして……」

「了解。……よし完了。次」

「鎧が――」

「なるほど、わずかに胸甲が歪《ゆが》んでいるな。……完了。次」

「使っているうちに剣のバランスが……」

「ちょっと振ってみてくれ」

「おお」

「把握した。……完了」

「おお、振りやすくなった!」

そんな調子で武器防具の微調整を続けていく。

皆、一流冒険者だけあって、致命的な故障などはない。

壊れたといっても、ほんの少しの刃こぼれ程度の修理だけ。

苦労は何もなかった。

「……ぼくのもお願い」

「おお? あれ? ジゼラか」

「イジェとケリーとフィオを送りに来て、ご飯を貰《もら》って。ついでにミミたちを連れて帰るんだ」

「そっか」

修復調整に集中していたから気付かなかったが、キッチンから美味《おい》しそうな匂《にお》いが漂ってきている。

イジェがキッチンに入って調理を開始したのだろう。

「それで、ジゼラの調整の必要な武器ってどれだ？」

「まず剣。今日悪魔三匹切ったときに歪んだんだ」

「あー、なるほど。歪んでるな。これでよく鞘《さや》に入ったな」

「もっと歪んでたけど、手でえいって戻した」

「……そうか。剣に希望はあるか？」

「うーん。悪魔と戦った感じ、もう少し長い方が便利かな。小指半分ほど。重さはそのままで」

「了解」

「切れ味は今のままで充分なんだけど、靭性《じんせい》と剛性が欲しいかも」

「そっか。歪んだからな」

「うん。あいつら硬いんだ」

俺は剣を調整し始める。

オリハルコンとミスリル、鋼やチタンなどの各種金属の配合比率を変えて剣を作っていった。

「ありがとう！　これで勝てると思う！」

「そうか」

「まあ、剣が歪んでても負ける気はしないけど、より簡単に勝てるようになったよ！」

「それはよかった」

そこにイジェが夜ご飯を運んでくる。

「ジゼラ、モチハコビしやすくシタよ」

イジェは木の箱に夜ご飯を詰めてあげたようだ。

「ありがとう！」

「こっちはヤショク。ヨルにオナカがスクかもしれないし」

「ありがとう！　嬉しいよ」

ジゼラは受け取ったご飯を自分の魔法の鞄に入れた。

ジゼラは魔法の鞄を持っているのだ。

「あとで食べるね」

「うん、ジゼラ、キをツケてね」

「大丈夫だよ」

そして、ジゼラはメエメエとミミ、ミミの母ヤギを連れてヤギの家へと戻っていった。

その頃にはもう日が沈んでいた。


俺も夜ご飯を食べると、ヒッポリアスとピイ、ヴィクトルと一緒に中庭へと移動する。

シロと子魔狼たちもついてきたがったが、今回はヒッポリアスの家でお留守番だ。

フィオとケリー、イジェが子供たちを見てくれている。

「ヒッポリアス。寒かったら言うんだぞ」

『きゅお〜。ておどーる、ひっぽりあすをだっこしてねる！』

ヒッポリアスは大きな姿だ。

「ありがとう、くっついて寝た方があったかいものな」

「きゅお〜」

地面に直接寝ると、体温が奪われる。

だから、木の板を敷いて、その上で横になる。

そこにヒッポリアスは体を寄せてくれる。

ヒッポリアスは温かいのだ。

「野宿は久しぶりですね。廊下が近くにあるので野宿という雰囲気でもないですが」

「そうだなぁ」

ヴィクトルも俺の近くに木の板を敷いて、毛布を掛けて横になっている。

「ぴぃ〜」

臣下スライムの一匹がヴィクトルに近づいていく。

「ヴィクトル、そのスライムがあっためてくれるそうだ」

「おお、それはありがたい」

「ぴぃ〜〜」

スライムたちは体温を自在に操《あやつ》れるのだ。

「おお、あったかいですね、ありがとうございます」

「ぴっぴい」

俺も板の上に横たわり、体に毛布を掛けて夜空を見上げた。

ピイが毛布の中に入って、温めてくれる。

「ありがとう。ピイ」

「ぴっぴい～」

ピイはプルプルする。その振動も心地がいい。

「そろそろ秋だなぁ」

「私はもうとっくに秋だと思いますよ」

「そうか。そうかもしれないな」

風は肌寒い。

ヒッポリアスはその風を防ぐように横になってくれていた。

俺とヴィクトルはヒッポリアスと廊下に挟まれた位置に横になっている。

おかげで、だいぶ暖かかった。

俺は扉を開けた廊下にいるアーリャに語りかける。

「アーリャ、寒くないか？」

「大丈夫、臣下スライムが来てくれたから」

「ぴっぴ」

アーリャのところにも臣下スライムは来てくれていたようだ。

「そうか、寒かったら言いなさい。対策の仕方は色々あるからな」

「うん。ありがとう」

そして、間もなく俺たちは眠りについた。

44 悪魔との戦い

速やかに眠りにつけるのも冒険者として大事な技能だ。

冒険者ならば。交代で眠りにつくことはよくある。

四時間ごとに交代するとき、中々眠れなかったらその分睡眠時間が削られる。

そうなると体力が持たないのだ。

…………

……

「っ！」

俺《おれ》が飛び起きるのと、

「「「ピピイイイイイイイイイイ！」」」

臣下スライムたちが大声で鳴くのは、ほぼ同時だった。

直後、上空が赤く光り、

「はあああ！」

アーリャの水球が飛んできた火球を迎撃する。

直後、「べちゃり」という音とともに、中庭に黒い物体が三つ降ってきた。

それはまるで粘土で作られた旧大陸のゴブリンのような姿だった。

人の子供のような形ではあるが、全身がタールのように真っ黒だ。

テイムスキルをかけてみたが、やはり通じない。

ということは、人か、生物ですらないかのどちらかである。

恐らく生き物ですらないのだろう。

悪魔の仲間に違いない。

「索敵を！」

ヴィクトルはそう叫ぶと黒ゴブリンたちに跳びかかる。

「了解。ヒッポリアス、ピイ！」

「きゅお！」「ぴ〜」

ヒッポリアスとピイが索敵を開始する。

ヒッポリアスは頭に魔力の角を生やし、臨戦態勢に入っている。

「攻撃は後回しだ」

「きゅお！」

目の前に黒ゴブリンがいるのにヴィクトルは索敵の指示を出した。

つまり、ヴィクトルは黒ゴブリンとは別に本体かボスが隠れていると判断したのだろう。

その判断に俺も賛成だ。

ヒッポリアスの攻撃は切り札。本体かボスにぶつけるものだ。

雑魚の黒ゴブリンは俺たちで処理できる。

「ＧＵＹＡＡＡＡＹＡＡＡ」

黒ゴブリンは人の言葉を発しない。やはり人ではないのだろう。

「はあっ」

ヴィクトルは黒ゴブリンを、目にも留まらぬ速さで一気に三体斬り捨てた。

さすがの動きである。

「これで終われば楽でいいんですけど！」

ヴィクトルに斬られても、黒ゴブリンは止まらない。

上半身と下半身に分かれたまま動く。

三体のうちの二体、上半身と下半身合わせて四つがヴィクトルに襲いかかる。

「厄介な！　任せます！」

「任された」

残りの一体はバランスを崩しながらも、下半身はそのまま、俺目がけて突っ込んでくる。

そして、残った上半身は腕を使って飛び跳ねながら、アーリャに突っ込んでいく。

「一瞬でいいから止まれ」

俺は製作スキルを使って、俺とアーリャに向かう黒ゴブリンの足と腕を掴《つか》む形状で岩の拳《こぶし》を作り出す。

「ＨＵＧＹＡＡａａａ」

黒ゴブリンにとっては突然現われた岩の拳に、手足を握られたようなものだ。

倒すために止めたわけではない。触れるために止めたのだ。

止まった黒ゴブリンの下半身に触れて、鑑定スキルを発動させた。

鑑定スキルは生物には通じない。

だが、悪魔たちは俺たちの神に生物として認められていないので鑑定スキルが通じるのだ。

「弱点は冷気！　本体は地中！」

「了解です！」

ヴィクトルが叫び、アーリャが詠唱を開始した。

その頃にはヴィクトルが相手にしていた二体の黒ゴブリンの身体《からだ》は計八個に分かれていた。

八分割されると、さすがに有効な動きができないらしく、もぞもぞとうごめいている。

「ヒッポリアス！」

「きゅおおおおおおお！」

ヒッポリアスと俺はテイムスキルで結ばれているので、意思の疎通が速い。

すべて言わなくとも真意が伝わる。

ヒッポリアスの頭に生えた角に魔力が集まっていく。

その魔力は凄《すさ》まじい量だ。

「アーリャ！」

「わかってる！」

次の瞬間、ヒッポリアスの魔力弾が地面に向けて放たれた。

――ドオオオオオオン
爆音とともに衝撃波が走り、廊下がきしむ。
地中を走る配管が破れて、水が吹き出る。
巻き上げられた土が、土煙となって周囲を覆《おお》い隠す。
土煙のせいで目を開けてられないが、そうも言っていられない。
俺は涙を流しながらも土煙を凝視する。
その土の中を何かが動いていた。悪魔だ。
地中に隠れていた悪魔を引きずり出すことに成功したのだ。
その悪魔は急いで地中に潜ろうとしている。
「逃がさない」
アーリャの氷魔法が発動する。
土煙と水柱ごと、悪魔が凍り付く。
――ガガン
次の瞬間、氷が割れた。
かなりの大ダメージを負っているはずだが悪魔はまだ動いている。
地中に逃れようと、必死にもがく。
「させるか！」
俺は再び製作スキルを発動させる。

土の拳を今度は氷と土の混合物で作り上げて、悪魔を握りしめる。

「GYARARARARAAAAA」

悪魔は叫び声を上げ、

「はあああぁ！」

その直後に、ヴィクトルが悪魔を斬り刻み十六に分かれた。


「AALALALGYAALALA」

斬り刻まれても、悪魔は叫ぶ。

再び融合しようと、少しずつ集まっていく。

「まだ動くのか！　氷を」

「任せて！」

「きゅおおおお！」

アーリャとヒッポリアスが氷魔法を悪魔に向かって放つ。

悪魔の動きが止まった。

「ピイィィィィイイイイ」

次の瞬間、ピイが悪魔の破片を飲み込んだ。

周囲から悪魔の気配が消えた。

「警戒！」

ヴィクトルが目を真っ赤《まっか》にして、涙をだらだらと流しながら叫ぶ。

気配が消えたと思った瞬間こそ、もっとも危ないのだ。

だから、俺たちは全力で周囲を警戒する。

下の配管が破れたことによる水柱のおかげで、土煙がおさまっていく。

俺は地面に鑑定スキルをかけて、潜んでいる悪魔がいないか確認する。

ついでに周囲の草木にもだ。

陸ザメたちを襲った悪魔は草木に憑依《ひょうい》していたので、念のためである。

「俺の鑑定スキルは敵を察知していない」

「了解です。ピイさんは？」

『ない！　しんかすらいむたちも、だいじょうぶだって』

「気配なしだそうだ」

「そうですか」

ヴィクトルはふうっと息を吐いて、剣を鞘《さや》に納める。

ひとまず、襲ってきた敵は倒したと考えていいだろう。

「ピイ、大丈夫か？　お腹《なか》壊してないか？」

ピイは最後に悪魔を食らったのだ。

悪魔は生き物ですらない。いくらピイでも体調が悪くなってもおかしくない。

『ぴい～　まずかったけど、だいじょうぶ。えいようがある』

「そうなのか。大丈夫ならいいんだが」

「皆さん、怪我《けが》はありませんか？」

「俺は無事だ。アーリャは」

「無傷」

「ヒッポリアスも無傷だな」

「きゅお～」

テイムスキルで俺とヒッポリアスは結ばれている。

だから、近くにいる場合、ヒッポリアスの状態は聞かずともわかるのだ。

「ヴィクトルはどうだ？　前線で戦ったのはヴィクトルだからな」

「私も無傷ですよ、ソロなら、こうはいかなかったでしょうが」

どうやら、全員が無傷なようだ。

強敵を相手にしたのに、想定以上の戦果と言っていいだろう
「これで、ひとまず撃退できたと考えてもいいのでしょうかね？」

「恐らくな、問題はジゼラの状態だな」

戦闘中なのか、戦闘が終わったのか、そもそも敵が襲ってこなかったのか。

俺は魔法の鞄《マジック・バッグ》から金属や石材を取り出しながら、ピイに言う。

「ピイ、臣下スライムを通じて様子をうかがえないか？」

臣下スライムたちは拠点の各所に配置されている。

そしてピイと臣下スライムたちは、鳴き声と振動で情報のやり取りができるのだ。

『きいてみる』

そう言うと、ピイは特殊な震え方をしつつ、

「ぴ、ぴ、ぴ～ぴ、ぴぴい～～」

特殊な鳴き方をした。

――ぴっぴっぴいいぴ、ぴ、ぴぴ、ぴ～

『せんとうはおわったって』

「終わったのか。被害状況は？」

『すこしあるけど、だいじょうぶっぽい』

「そうか。大怪我している奴《やつ》がいないなら、何よりだよ」

俺とピイの会話で、ジゼラたちの状況を把握したヴィクトルがホッとして息をついた。

「さて、とりあえず、配管を直すか」

まだ水は噴き出している。

俺たちも、中庭もびしゃびしゃだ。

『きゅおー、ひっぽりあすやりすぎた？』

「いや、ばっちりだったぞ。悪魔は配管の下に潜っていたからな」

『そかー』

「ありがとう、ヒッポリアス。助かったよ」

そう言いながら俺は配管の修理を進める。

凍結を防ぐために色々な手立てを施してあったのだが、凍結の季節の前に壊れてしまった。

「直すのは簡単だからね。一度作ったものだからな」

俺は不安そうに見上げているヒッポリアスの頭を撫《な》でると、鑑定スキルを発動させる。

そして、製作スキルを一気に実行して、配管を修理した。

「これでよしっと」

その頃には冒険者たちは完全武装で、廊下に集まっていた。

「俺たちの出番がなかったな」

「みんなが、活躍してくれたからです。助かりました」

ヴィクトルがそう言って笑った。

「ピイもヒッポリアスもありがとうな。助かったよ」

「きゅおきゅお！」「ぴぃ～」

「廊下や建物に被害がないか確認しないとな」

「あ、それは任せろ。被害の確認ぐらいなら俺たちもできるからな」

「じゃあ、頼む。壊れた場所があれば教えてくれ」

廊下にはイジェたちも出てきている。

「コワカッタ」

「だいじょぶ？」

「わふ〜」

『つよい！』「ぁぅ」『たたかう！』

子魔狼《こまろう》たちは特に興奮気味だ。

「みんなは寝てなさい」

「な、中庭に出てもいいか？」

「少し待ってください」

ケリーは調査がしたいらしい。

「ヴィクトル、俺はジゼラのところに行ってくる」

「わかりました。こちらはお任せください」

「頼んだ。ヒッポリアス、ピイ、行くよ」

「きゅおきゅお！」「ぴぃ〜」

ヒッポリアスの背に乗って、ピイを肩に乗せて、ボアボアやヤギたちの家に向かって走る。

ボアボアの家の前には、

「お、おお？」

『すごい、きゅお〜』

バカでかい悪魔の死骸が転がっていた。

45 合流

死骸の横に飛竜《ひりゅう》が立ち、死骸の上にはジゼラが座っている。

「テオさん、そっちは大丈夫だった？」

「ああ、こちらは大丈夫だったが、大きすぎないか？」

身長五メトルはありそうな人型の悪魔の死骸だ。

ボアボアやヤギたちは、起きているが家の中で息を殺しているようだ。

悪魔の再襲撃を警戒しているのだろう。

「飛竜もジゼラも怪我《けが》はないか？」

「がお」「ないよ」

「そうか、よくもまあ、こんなでかいの倒したな」

「うん。大きかったうえに、速かったからね。強かったよー。飛竜がいなかったらもっと苦戦したかも」

「がお」

「あ、テオさん、剣が壊れちゃった。直して」

そう言ってジゼラは巨大な死骸からぴょんと飛び降りる。

「ああ、修理は任せろ」

いつまた悪魔が襲ってくるかわからないのだ。

ジゼラの剣はなるべく万全な状態にしておきたい。

俺《おれ》は素早く鑑定し、製作スキルで直す。

刀身が歪《ゆが》み、無数の刃こぼれがあった
「よし、これで直った」

「ありがとう！　さすがテオさん」

「刃こぼれしていたが、硬かったのか？」

俺は巨大な死骸に手を触れて鑑定スキルを発動させる。

強靭な肉体だ。皮膚も硬い。強力な魔物だ。

だが、俺が強化した剣を刃こぼれさせるほど皮膚が硬いわけではない。

「刃こぼれさせたのはこっちだよ」

ジゼラが笑いながら、巨大な死骸の後ろを指さした。

「なんだこれ」

「きゅお〜？」

そこには金属の塊が転がっていた。

身長二メトルほどの人型に見える。だが、腕に当たるものが四本あった。

胴体と頭に当たる部分がすぱっと斬られている。

ジゼラの太刀筋だ。

「これも悪魔だよ」

「強かったか？」

「速さはそこそこ。力は強かったね。そして何より硬い」

俺は鑑定スキルを金属の塊にかけてみる。

「……オリハルコンかよ」

「あーやっぱり？　そのぐらいの硬さだと思ったんだ」

だが、普通の人族はオリハルコンを斬ることはできないのだ。

ジゼラはなんでもないことのように言う。

「どういう仕組みで動いたんだ？」

「わかんない。関節部分が繋《つな》がってないんじゃないの？」

関節部分を調べてみると、接続されてはいなかった。

簡単にバラバラになる。

「魔法生物の類《たぐ》いか。あ、悪魔は生物ではないが……」

「やっぱりそうじゃないかな」

「こんな奴《やつ》、ジゼラがいなければ倒すのが難しいな」

「どうだろう？　今のシロならともかく成長したシロなら多分かみ殺せるよ？」

この前ケリーが実験してくれたことを思い出す。

シロの爪《つめ》は水晶やオリハルコンとミスリルの合金を傷つけられるのだ。

「あー。確かにこのオリハルコンは、俺の作った合金よりは柔らかいな」

「でしょー」

成長したシロたちならば倒せる可能性はある。

だが、シロたちの群れは、悪魔に敗れているのだ。

確実に勝てるとは言い切れない。

「ヴィクトルも多分斬れるよ」

「……そうだな。たしかに斬れそうだ」

可能か不可能かでいえば、可能だ。斬れるだろう。

だが、斬れるとしても勝てるかどうかは判断が難しい。

「それに、こっちに転がってる奴は飛竜が殺したんだよ」

「がお～」

そう言って、ジゼラはボアボアの家の陰を指さした。

そこにもオリハルコンの悪魔が転がっている。

胸に大きな穴が開いていた。

「この穴は飛竜が爪で開けたのか？」

「がう～」

どうやらそうらしい。

硬いけど、動きの速さがそこそこだったから、なんとかなったと飛竜は言う。

「そっか、とはいえ、こいつらが俺たちの方に来ていたらやばかったな」

ヴィクトルが斬れるといっても、二体相手にするのは難しい。

それに加えて巨人の悪魔までいたのだ。

ヒッポリアスとアーリャの力を借りても、苦戦しただろう。

「そっちはどんな悪魔だったの？」

「本体は地中に隠れていて、地表には黒いゴブリンみたいなのを出してきてな」

あの黒ゴブリンは本体の一部だ。

だからこそ、黒ゴブリンを鑑定することで、本体の位置と弱点がわかったのだ。

「前回戦ったのは植物に取り憑《つ》いていただろう？　今回は土だったな。戦闘力自体はさほどでもないが……」

「憑依型《ひょうい》？　憑依型は、見つけにくくて厄介だからね」

陸ザメたちを襲っていた植物に憑依した悪魔のことを、ジゼラは中々位置を特定できなかった。

俺が特定してヒッポリアスの魔法を通して位置を報《しら》せたのだ。

「ぼくも索敵能力が高かったらなぁ」

「ジゼラの索敵能力は高いけどな」

ジゼラの索敵能力は、俺たちより高い。

ジゼラですら見つけにくい憑依型が異常なのだ。

「敵が戦力配置を間違えてくれて助かったな」

「そだねー」

恐らくだが、ジゼラを警戒し戦闘力の高い悪魔がボアボアの家の方を攻めたのだろう。

純粋な戦闘力勝負ならジゼラは、ほとんど負けないのだ。

俺はジゼラと会話をしながら、地面に鑑定スキルをかける。

組成などを調べるいつもの鑑定とは違い、悪魔がいないかどうかの確認だけなので、負担は軽い。

「今のところ、俺の鑑定スキルに引っかかる悪魔は周囲にはいない」

「そっかー。よかったよかった」

「ジゼラ、ほこらに敵はまだいると思うか?」

「うーん。どうだろう。テオさんたちが倒した悪魔がどの程度かによるかなー」

「明日見に行くしかないか」

「いや、今ちょっと行ってくる。ほこらに感じた悪魔の気配から、ぼくが倒した悪魔の気配を引いたら、多分勝てる」

「憑依型かもしれないだろ」

「そのときは逃げるよ。敵がまだいて逃げられても厄介だし」

ジゼラなら相手が悪魔でも逃げられるだろう。

「そうか。気をつけて行ってこい」

「ピイ、臣下スライムを一匹借りたいんだけど」

「ぴっぴぃ」

「ありがとう。臣下スライムたちなら緊急時にピイに報せられるでしょう？」

「ぴぃ～」

距離を考えたら三匹必要だとピイは言う。

どうやら、のろしのようにリレーして、情報を伝えるようだ。

ジゼラとピイの会話を聞いていたらしい臣下スライムが三匹やってくる。

「君たちが手伝ってくれるの？　ありがとう」

「「「ぴっぴぃ！」」」

ジゼラは両肩と頭の上にスライムを乗せる。

「あと、飛竜も一応上空からついてきて」

「がう」

「ここはテオさんとヒッポリアスに任せた」

「気をつけて行ってこい」「きゅおー」

「じゃあね」

ジゼラはあっという間に走っていった。

飛竜はその後を追って、飛び立った。

「相変わらず速いな」

ある程度走ったら、スライムを落としながら進むのだろう。

46 寝ずの番

Hennaryu to moto yuusha party zatsuyougakari shintairiku de nonbiri slowlife

俺《おれ》はヤギたちの家の前に椅子を出して腰掛ける。

大きな体のヒッポリアスがそばに寄り添ってくれた。

「ヒッポリアス、疲れてないか？　お腹空《なかす》いてないか」

『つかれてない！　おなかすいてない！』

「そうか。恐らく襲撃はないだろうが、念のために警戒しないとな」

「きゅお」

もし襲撃の可能性が高いならば、ジゼラはここを離れない。

「め？」

ヤギの家の扉が少し開いて、メエメエが顔を出す。

「メエメエ、安心してくれ。ジゼラが敵は倒してくれた。とはいえ――」

万が一の襲撃があるかもしれないから警戒しないといけないと言おうとしたのだが、

「めえ～」

ミミがメエメエの足元からさっと外に出て、尻尾《しっぽ》を伝ってヒッポリアスの背中へと駆け上がった。

「め」

「ミミ、まだ危ないんだ」

俺もヒッポリアスの背に登り、ミミを抱き上げて、家の中に戻す。

「めえ〜」

ミミは不満げだ。

「またあとで遊びなさい。みんなも、まだ外に出ないでくれ。みんなが外に出たら、守りにくい」

「めえ〜めえ〜」

ミミは悪魔の死骸に興味があるようだ。

巨人型の方ではなく、オリハルコン型の方が気になって仕方がないらしい。

「だめ。あれはおもちゃじゃないからね」

「め〜」

母ヤギに促されて、ミミは小屋の奥へと連れて行かれた。

「そうか、子供たちの興味を引きかねないのか」

オリハルコン型悪魔は、死骸という感じがしない。

金属の精巧な像に見えるのだ。子供の興味を引くのも当然だ。

ベムベムやボエボエも興味を持って外に出てくる可能性がある。

「しまっておくか」

魔法の鞄《マジック・バッグ》にオリハルコン型悪魔の死骸を収容する。

「巨人型もしまっておくか」

魔法の鞄に入れて状態を保存した方が、ケリーも喜ぶだろう。

死骸の収容を終えると、俺はヒッポリアスのところに移動して寄りかかる。

「ヒッポリアス、寝てていいよ」

『ねむくない！』

「そうか。まあ、ジゼラはすぐに戻ってくるだろうし……」

『いっしょにねる！　きゅお！』

「そうだな、それもいいな」

「きゅお～」


だが、朝までジゼラは戻ってこなかった。

「やっと朝日か」

俺は寝ずに夜明けを迎えた。

一日でもっとも寒い時間帯。ヒッポリアスの横で毛布にくるまっていても寒い。

ピイが暖《あたた》めてくれていたから、まだましではあった。

「ピイ、ありがとう。お腹減ってないか？」

『へってない！　ぴい～』

「そうか」

「……きゅ〜おう」

ヒッポリアスは気持ちよさそうに寝息を立てている。

子供なのだから、ヒッポリアスは寝ていいのだ。

「やっぱりヒッポリアスは寒さに強いんだな」

巨体ゆえか、その脂肪のおかげか。

ヒッポリアスは朝の冷たい空気の中平然と寝息を立てていた。

「ジゼラは……何があったんだ？」

『しんかすらいむたちは、きけんはないって』

「そうか。ジゼラは何か面白《おもしろ》いものを見つけたのかな」

『たぶんそう』

朝日が昇って少し経《た》つと、

「べむべむ？」

ベムベムがボアボアの家から出てきた。

「ベムベム、ちゃんと眠れたか？」

「べむ〜」

「怖くなかった？」

「べむ！」

「そうか。勇気があるな」

「べむ～」

「でも、まだ危険があるかもしれないから、家の中にいてくれ」

「べむ……」

とぼとぼとべムべムは家の中に戻っていった。

もう安全だと俺は思う。

だが、ジゼラが戻ってくるまで、油断しない方がいいだろう。

もう少し待っても戻ってこなかったら、ピイに呼びかけてもらおうと思っていたら、

「テオさーん」

やっとジゼラガ戻ってきた。

ジゼラは両肩と頭の上に臣下スライムを乗せて走っている。

途中で回収しながら、走ってきたのだろう。

上空には飛竜《ひりゅう》がちゃんと飛んでいた。

「ありがとう、臣下スライムたち」

「「ぴっぴい！」」

臣下スライムたちは嬉《うれ》しそうにプルプルすると、ぴょんぴょん跳ねてどこかへ行った。

「ジゼラ、何があったんだ？」

「大切なものを見つけて」

「大切な……？　なんだそれは」

「見てもらった方が早いかな。あ、危険はないよ」

そのジゼラの言葉を聞いて、みんながわらわらと出てきた。

「ちょっと、イジェ呼んでくるね。テオさんはヒッポリアスに乗ってついてきて」

「ん？」

「飛竜！　来てー」

「がお」

「乗せて！　イジェ迎えに行くよ」

「があぅ～」

「イジェを乗せたら、そのまま向かうから準備しておいて」

「……うん」

ジゼラが何をしたいのかわからない。

だが、ジゼラは説明の言葉が足りないときがたまにあるのだ。

「ヒッポリアス、起きてくれ」

『きゅお～、ごはん？』

「ご飯は……ごめん」

『そっかー。だいじょうぶ。ひっぽりあすおなかいっぱい』

「あ、とりあえず、これを食べなさい」

俺は魔法の鞄から焼いた魔猪《まちょ》の肉塊を取り出した。

「きゅおー」

小さくなってヒッポリアスはむしゃむしゃ食べる。

「ヒッポリアス。どうやら、ジゼラが俺に見せたいものがあるみたいでな。乗せて走って欲しいんだ」

『わかった。ておどーるも、おにくたべる？』

「ん。ありがとう。でも大丈夫だよ。俺はあとで食べるからね」

「きゅおー」

ご飯を食べ終わったヒッポリアスに水を飲ませた。

『ておどーる、おなかすいてない？　のどは？』

「大丈夫だよ。水は飲んでいるからね」

「きゅおー」

ヒッポリアスは俺がお腹を空かしていないか心配のようだ。

「大丈夫、ジゼラの用はすぐに終わるさ」

『そっかー』

そして、ヒッポリアスは大きい姿に戻った。

47 ほこらの真実

Hennaryu to moto yuusha party zatsuyougakari shintairiku de nonbiri slowlife

それからしばらく経《た》って、飛竜が飛んできて上空で旋回を開始した。

「ついてこいってことだな」

俺《おれ》はピイを肩に乗せたまま、ヒッポリアスの背中に乗った。

すると、飛竜《ひりゅう》は移動を始める。

「ヒッポリアス、飛竜を追いかけるぞ」

「きゅおきゅお！」

ヒッポリアスは地上を駆けていく。

「もう、秋だなぁ」

『きいろい！』

「そうだな、木々の葉っぱが黄色くなり始めたな」

『ぴょうき？』

「秋になると葉っぱの色が黄色くなったり赤くなったりする木があるんだ」

『そっかー』

「ヒッポリアス、これからどんどん寒くなるぞ」

「きゅお！」

五分ほど走ると、飛竜が地上へと降りてくる。

飛竜の背にはジゼラとイジェが乗っていた。

「テオさん、ヒッポリアス、ほこらは、あそこなんだけど……」

飛竜の背から降りたジゼラが、そう言って森を指さす。

「ほこらか」「きゅおー」

うっそうと茂る木々に隠される形で、それはあった。

そのほこらは石で作られており、中には地下に続く階段がある。

「悪魔たちはここを根城《ねじろ》にしていたわけか」

「そうだよ。入り口が壊されているでしょう？」

「……巨人型が出入りするためか？」

「多分ね」

ほこらの入り口は壊されていた。

元々、一人通るのでギリギリの大きさだったようだが、今は破壊されて広げられている。

飛竜が中に入るのは難しいが、メエメエなら入れそうだ。

「テオさん、イジェ、ほこらの中に案内するよ。危険はないから安心して」

そして、ジゼラは飛竜に言う。

「飛竜、ごめんね。ほこらが小さいから入れないんだ」

「がう」

「中は広いから、もっと壊せば入れるけど、壊すわけにはいかないから」

「があう」

飛竜は「気にするな。それより気をつけるのだぞ」と言ってくれている。

話を聞いていたヒッポリアスが小さくなって、俺の足に前足を掛けた。

中に一緒に連れて行って欲しいらしい。

「わかっているよ、ヒッポリアス、ピイ。一緒に行こうな」

「きゅお」「ぴい」

俺はヒッポリアスを抱き上げた。

「じゃあ、ついてきてね」

ジゼラはほこらの中へと進んでいく。

「岩山に横穴を掘って、その前にほこらを作ったのかな?」

「そうかも。横穴というか、地下への階段の方が長いのだけど」

入り口こそ狭いが、崖に掘った横穴も階段も充分に広い。

入り口さえ無理に通れば、ボアボアでも通れそうだ。

しばらく、階段を下りて地中へと入っていく。

そこにたどり着くと、扉があった。

「この中のものを、イジェに見て欲しくて」

「なにがアルの？」

「言葉では説明が難しいんだ」

そう言って、ジゼラは扉を開ける。

「おお？」

中は飛竜が入っても充分余裕があるぐらい広い部屋になっていた。

奥にはなにやら祭壇のようなものがあり、手前には生活の痕跡がある。

「この肉の食べ残しは、悪魔のものか？」

「多分そう。しばらくの間、ここで悪魔は暮らしていたみたい」

「奥にある祭壇みたいなものは、悪魔のものか？」

「それは違うよ。悪魔はあの祭壇を手に入れたかったみたいだけど」

「どういうことだ？」

ジゼラは答えずに、イジェの手を引いて祭壇の前まで移動する。

「ここに来て、これが気になったから手を触れたんだ。そしたら……」

ジゼラは祭壇に手を触れる。

すると祭壇の上の空中に絵が浮かび上がった。

ジゼラとそっくりな、だが、ジゼラより大人の写実的な絵だ。

しかもその絵が動いている。

「どういう仕組み――」「きゅお！」

「しっ、静かに」

ジゼラが真剣な顔で言ったので、俺とヒッポリアスは口を閉じる。

『ソナタはワガイチゾクのモノデハナイヨウデスネ。ココはアナタのヤクニタチマセン』

そう言って、その絵は消えた。

「イジェ。知っている人？」

「シラナイヒト。でも、オナジイチゾクのヒトだとおもう」

「やっぱりそっか。何度触れても、同じ絵が出てきて同じことを話すんだ。会話はできなくて一方的に話す感じ」

そして、ジゼラはイジェを見た。

「我が一族の者でないならば、役に立たないなら、イジェの役には立つんじゃない？」

「ソウかも？」

「イジェ、触れてみて」

「ワカッタ」

イジェが祭壇に手を触れる。

すると、再び同じ絵が現われた。

「オサナきモノよ。ナニユエ、ソナタがココにキタ？　オトナのメをアザムイタノカ？　ソレトモ、オオクのオトナがシヌナド、イチゾクのソンボウのキキゆえか？」

「オトナはみなシンデしまいました！」

イジェの言葉が聞こえているのか、その絵は大きく頷《うなず》いた。

「コノヘヤニイルスベテノモノよ。サイダンにテヲフレルガヨイ」

俺とジゼラは顔を見合わせた。

だが、言うとおりにする方がよかろう。

俺とジゼラ、ピイとヒッポリアスが祭壇に手を触れる。

「イチゾクのモノデハナイガ、アクマデモナイか。オサナキモノよ。ナカマナノカ？」

「ハイ！」

「イチゾクソンボウのキキならば、オサナキモノよ。ソナタはココがナニかシラヌデアロウ」

そう言って、絵は説明を始めた。

絵は名も無き元王を名乗った。

悪魔に滅ぼされた亡国の王であり、イジェたちの一族、その初代村長とのことだ。

「コノサイダンは、オウコクのヒホウ。ネガッタヒトにスキルをサズケル、マドウグだ」

それを聞いて、俺とジゼラは無言で顔を見合わせた。

誰《だれ》にスキルが授けられるかは、神のみぞ知ること。

それを願って授けることができるとなると、魔道具というより神具である。

48 イジェのスキル

「キョウリョクなマドウグだ。ユエにアクマにネラワレタ。アクマたちもスキルがホシイノダ」

悪魔と俺《おれ》たちの神は違う。

それなのに悪魔はこの祭壇でスキルを得ることができるのだろうか。

「アクマにスキルをサズケナイタメニ、イチゾクイガイニ、スキルをアタエナイヨウ、イロイロナボウギョサクはトッテアルガ……ゼッタイデハない」

そして、元王を名乗る絵は言った。

「サイゴにオサナキモノよ。そなたがイチゾクサイゴのヒトリならば、アクマにワタスワケニハイカヌ。ソナタがスキルをエタアト、コノマドウグはムヨウのモノとナル。カノウナラバ、サイダンをコワシテホシイ。タノンダゾ」

そして、最後にスキルの貰《もら》い方の説明をしてから、動く絵は消えた。

「壊して欲しい、か。万一のときは入り口を塞《ふさ》いでもらおうと思って、テオさんにはついてきてもらったんだけど」

「まあ、入り口を塞いでも、絶対ではないからな」

「テオさん、ジゼラ」

「どうした？」「なに？」

「アクマはこのマドウグをネラッテいるのかな？」

「恐らくそうだ」

「ミンナが、アクマにコロサレタのも、このマドウグがメアテだったのかな？」

「……それはわからない」

だが、可能性はあると思う。

過去には国まで滅ぼしたぐらいだ。悪魔にとって、この祭壇は非常に重要なのだろう。

悪魔同士の勢力争いのために祭壇を必要としているのかもしれない。

悪魔の国があり、どこかに攻め込むために必要なのかもしれない。

もしかしたら、悪魔の間で、伝説の財宝のように、祭壇のことが伝わっているのかも知れない。

どちらにしろ、悪魔はろくなものではないのだ。

悪魔が皆、スキルを得れば、大変なことになる。

「イジェ、どうしたい？」

ジゼラが笑顔で尋ねる。

「どうしたらイインダロウ？」

「これはイジェのものだよ。だからイジェが決めるしかない。ね、テオさんもそう思うでしょう？」

「……そうだな」

この魔道具は一族のものだ。

そして、一族はイジェしかいないのだ。

「ドウしよう」

イジェは困っている。

それも当然だ。今まで存在を知らされてすらいなかったのだ。

「イジェ。ゆっくり考えてもいいよ」

「でも、テオさん、アクマがくるかも」

「その可能性もある。だが来ない可能性もある」

「ウーン」

「もし、時間が欲しいなら、俺が入り口に頑丈な壁を作って塞ごう。そうすれば多少はましになろうだろう」

「でも……ウーン」

いくら石や金属で封をしても、悪魔が本気になれば壊せるだろう。

そして、この場所を知っている悪魔がどれだけいるかはわからないのだ。

最悪の場合、悪魔の国があって、昨晩倒した悪魔はただの尖兵である可能性だってある。

「とりあえずさ、スキルもらったらいいよ」

「そうだな。それがいいだろう」

「オトナじゃないけど、いいの?」

「いいんじゃないか? 俺がスキルを得たのはイジェとあまり変わらない年だったし。フィオはもうスキルを持っているし」

「ソッカ」

きっとスキルを貰うときに、名もなき王という初代村長の絵から色々教わるのだろう。

それを理解できて、かつ村の他の子供に対して秘密にできる年齢という意味もあるに違いない。

「名も無き王もスキルを得た後に壊してくれって言ってたし、スキルを得るのは構わないんじゃないか？」

「ソッカ。じゃあ、スキルもらう」

俺とジゼラ、ヒッポリアスとピイが見守る中、イジェはスキルを貰うために動き出す。

名も無き王の動く絵が言うには、祭壇の決められた場所を決められた順番で触れて、神に感謝の言葉を述べるらしい。

「…………」

イジェは黙々と決められた場所を触っていく。

「カミよ。よわきワタシに、イキノビルためのチカラを」

そう言って、儀式が終わる。

「イジェ、スキルは貰えたのか？」

「モラエタとおもう。……うん、モラエタ」

「そっか、よかったな」

俺が「ちなみに、どんなスキルを貰ったんだ？」と、尋ねる前に、

「テオさん。ジゼラ、このサイダンをこわして」

イジェは、そうはっきりと言った。

その表情は、迷いを完全に吹っ切ったすがすがしいものだった。

「ゆっくり考えなくて、いいのか？」

「うん。ダイジョウブ、アリガトウ」

「わかった、壊そう」

俺がそう言うとジゼラが剣を抜く。

「ちょっと待て。まずは俺が壊す」

「いいけど」

俺は鑑定スキルを発動した。そして魔道具の情報を頭に入れる。

頭に入れるといっても、わかるのは素材や形だけ。

魔道具を魔道具たらしめる魔法の力がどのように作用しているかは、俺には理解できないのだ。

「魔道具は俺には作れないが、素材がわかれば……」

製作スキルで魔道具の中心部にある金属素材を使ってインゴットを作る。

そうすれば、魔道具の中心部が空洞になり、作動しなくなる。

「壊せはしたが……まだ直せるかもしれない」

「じゃあ、あとは任せて」

ジゼラが剣で祭壇を切り刻んだ。

石と金属で作られているが、ジゼラにとっては問題にならなかった。

あっという間に瓦礫《がれき》の山になる。

「テオさん、ジゼラ、アリガト」

「気にするな、だけどよかったのか？」

「うん、ダイジョウブ。ヒツヨウになったらツクレバいいだけ」

「……ん？　まさか」

「ソウ。イジェがモラッタのは、マドウグをツクったりナオシタリするスキル」

「お、おお、それは凄《すご》い」

旧大陸でもあまり聞いたことのないスキルだ。

「イジェ、みんなのヤクにタテルかな？」

「そりゃあもう、今以上に大活躍だよ」

「ヨカッタ」

嬉《うれ》しそうにイジェは微笑《ほほえ》んだ。

49 お風呂

祭壇を壊した俺《おれ》たちは、その部屋をあとにした。

地上への階段をゆっくり上がりながら、俺は尋ねる。

「イジェ、スキルをくれる神の名前を知っているのか？」

「ワカラナイ。とうちゃんたちは、カミとヨンデタ」

「そっか。単に神か」

つまりイジェの一族にとって、神といえば、スキルを授ける神のことなのだ。

それだけ、一族にとって大事な神ということだ。

「うーむ」

悪魔たちは祭壇を使ってスキルを得ようとしていた。

だが、俺たちのスキルの神は悪魔を生物と認めていない。

もしかしたら、俺たちのスキルの神とイジェたちの「カミ」は別の神なのかもしれない。

「まあ、考えてもわからないか」

わかるのはイジェたちの「カミ」はイジェたちが大好きだということだ。

恐らく「カミ」はイジェたちが一番必要なスキルを選んで授けている。

だからこそ、イジェたちの村はスキル頼りで生きていけたのだ。

あのときイジェは祭壇を壊すか悩んで決めることができなかった。

だから「カミ」はイジェに祭壇を作ることのできるスキルを授けたのかもしれない。

もしかしたら「カミ」はイジェと同族の存在を知っている可能性もある。

もし、同族がいれば、イジェは最後の一人ではない。

将来、イジェの子供が生まれる可能性だってある。

イジェが一族を再興するのならば祭壇は必要になるだろう。

「……そういうことなのか？」

「何が？」

「いや、なんでもない」

最後の一人ではないかもしれないなどと、根拠のないことは言わない方がいい。

それは俺の勘にすぎない。そして俺の勘はよく外れるのだ。

「……イジェたちの神さまはイジェたちのことが好きなんだろうな、と思って」

「それは、多分そうだろうね！」

「お、神に愛されし勇者たるジゼラもそう思うか？」

「うん。まあ、ぼくを勇者にした神とイジェの神さまは違う神だとは思うけど」

ジゼラがそう思ったことに、根拠はきっとない。ただの勘だ。

だが、ジゼラがそう思ったのなら、それは多分正解だ。

階段を上がり、ほこらから出ると太陽が大分《だいぶ》昇っていた。

日の光が暖かい。だが、けして暑くはなかった。

「飛竜《ひりゅう》、お待たせ」

「がう～」

「うん。無事解決したよ、詳しくはあとで話すよ」

「がお」

それからジゼラとイジェは飛竜に乗って、俺とピイは大きくなったヒッポリアスの背に乗って仲間たちの元へと戻った。

戻るとボアボアの家の近くにフィオやケリー、シロと子魔狼《こまろう》たち、ヴィクトル、アーリャもいた。

「どうでしたか？　ジゼラさんが急にイジェさんを連れて行って、騒ぎになったんですよ」

「実は……」

俺はほこらの中で起こったことを皆に説明した。

「ほれほれ～」

「ぶぶい」「べむ～～」

その間、ジゼラはボアボア、ボエボエ親子やベムベムたち陸ザメと遊んでいた。

「めえ～～」「ちゅう」「ほっほう」

「ミンナ、ジュンバンね」

そして、イジェはヤギやカヤネズミ、そしてフクロウたちに囲まれている。

「……そんなことが」

「スキルの神の祭壇か……ふむう」

「魔族の国にもなかった」

ヴィクトル、ケリーとアーリャが俺の説明を真剣に聞いている間、

「めええ～めええ～」

子ヤギのミミは、俺の足に頭突きし続けていた。

どうやら、ミミは到着と同時にヒッポリアスが小さくなったのが気に入らないらしい。

「ミミはでかいヒッポリアスが好きなのか？」

「めえ～～」

背中に登るのがたまらなく面白《おもしろ》いらしい。

だが、今のヒッポリアスは俺に抱っこされて、ご満悦だ。

「あとで、ヒッポリアスの気が向いたらな」

「てぉさん！　たべながら、はなそ！　あさごはんたべよ！」

「おお、フィオ、ありがとう。ご飯を持ってきてくれたのか」

「もてきた！」

どうやら、こっちで話し合いをするというところまで、フィオは読んでいたらしい。

「フィオたちは食べたのか？」

「たべた！」

「わふわふ！」

『あそぼ』「ぁぅ」『たべた！』

どうやら、フィオ、シロ、子魔狼たちは朝ご飯を食べたようだ。

クロはとにかく遊びたいらしい。

俺の足に頭突きするミミにじゃれつきに行って、頭突きされて楽しそうに「わふわふ」はしゃいでいる。

子供たちが騒がしい中、俺はイジェが出発前に作って、フィオがここに運んでくれた朝ご飯を食べる。

イジェが作ったご飯は冷めても美味《おい》しかった。

「ちなみに被害はどうだった？」

「拠点の被害は廊下の窓硝子《ガラス》だけですね」

「それなら、すぐ直せるな」

ボアボアの家とヤギたちの家の被害はないことは確認している。

「イジェさん、魔道具の製作はどのくらいかかるのですか？」

「んー。ブヒンがアレバすぐ。ナクテモ、ツクレルけどジカンがかかる」

メエメエに顔をベロベロ舐《な》められながらイジェが答える。

「俺でも部品を作れるようなら、いつでも作るよ」

「アリガト。テオさんならツクレルよ。ブヒンはマホウとカンケイないから」

「それなら任せてくれ」

「魔道具スキル持ちがいれば、安心ですねえ」

「ああ、そうだな。冬は越せそうだ」

俺は朝ご飯を食べ終わる。

「イジェ。美味しかった。ありがとう」

「ヨカッタ」

そして、俺は魔法の鞄《マジック・バッグ》から悪魔の死骸を取り出した。

「ケリーが見たいかと思って。ジゼラが倒した悪魔の死骸だ」

「ほう？　ほう？」

早速ケリーが食いついた。

「これは金属じゃないか。魔法生物みたいなものか？」

「多分な。生物ではないが。ちなみにそれはオリハルコンだ」

「ほ〜う」

「あ、コレ、マドウグのブヒンになりそう」

イジェまで悪魔の死骸を見て目を輝かせていた。

ヴィクトルはそんな二人を見て、微笑《ほほえ》んだ。

「テオさん。お疲れでしょう」

「そうだな」

「どうです？　これからひとっ風呂あびませんか？」

「朝から風呂か」

「お嫌いですか？」

「大好きだ」


俺とヴィクトルはボアボアの家とヤギたちの家の間にある浴場に向かった。

ボアボアの家で服を脱ぎ、湯船の中に入る。

少し熱めのお湯が気持ちいい。

「久々に体を動かしましたから、疲れましたねー」

「俺も疲れた。久々の徹夜だったしな」

湯船に浸《つ》かりながらそんなことをおっさん二人で話していると、「きゅおきゅお」言いながらヒッポリアスが泳いでいく。

「おお、テオさん、実は私も徹夜です」

「二十歳の頃に比べて、徹夜すると、しんどくなったなぁ」

「私は五十を超えて急にきつくなりました」

「ドワーフはやっぱり衰えるのが遅いんだなぁ」

泳ぐヒッポリアスをミミが「めえ～」と鳴きながら追いかけている。

「ヤギも風呂が好きなんだなあ」

「普通のヤギは知りませんが、魔ヤギですからね」

「わふ～」

『あそぼ』『ぁぅ』『だっこ』

シロは大人しく子供たちを見守っている。

そして子魔狼たちは犬かきして、俺にじゃれついてくる。

ピイは俺の近くでぷかぷか浮いていた。

「ぶぶい！」『べむ～』

ボエボエとべムべムは少し離れたところを、元気に泳ぐ。

ヒレがある分、べムべムの方がボエボエより泳ぐのが上手なようだ。

「気持ちよすぎて、このまま寝てしまいそうですなぁ」

「たしかに。それにしてもどういう風の吹き回しだ？」

「風呂に誘ったことですか？　ねぎらいの意味もありますが、単に私が入りたかったんですよ。それに」

「それに？」

「私もテオさんも今日は休暇でいいでしょう」

「そうかもな」

ヴィクトルはふうーっと大きく息を吐いて伸びをした。

「昨日、テオさんのおかげで暖炉《だんろ》の準備はできました」

「そうだな、これで凍えなくて済む」

「そして、冬服の直しも終わりました」

「おお、終わったのか？　昨日はまだ途中に見えたが」

「皆、宿舎の中で交替で寝ずの番をしてましたから」

「なるほど」

起きている間、手持ち無沙汰で裁縫仕事がはかどったのだろう。

「赤い石のおかげで、薪《まき》を大急ぎで集める必要もなくなりました。あとは食料でしょうか」

「食料も、まあ、余裕はなくとも、ギリギリ足りる量はあるな」

「はい、燕麦《えんばく》が大きいです。それでね、テオさん」

「ん？」

「冬の備えが一段落しました。ありがとうございます」

「なるほど。それでお風呂で慰労会か」

「そんなところです」

しばらくお風呂に入っていると、フィオが入ってきた。

二つのコップを持ってきている。

「テオさん。ヴィクトル。のんで！」

「おお、これは？」

「ぼあぼあのみるく！　おいしかた！」

「おお、例の」

先日、ボアボアに乳を分けて欲しいとお願いしていたのだ。

俺は一口飲んでみる。

「おお。なんというか、独特の風味があるな。コクがある」

「そうですね。美味しいです。私は牛より好きですね」

好みの分かれる味だが、美味しかった。

『のむ！』『ぁぅ』『のみたい』

「きゅおきゅお！」

「のみたいの？　こちきて」

「わふー」『きゅお～』

フィオにそう言われて、子魔狼たちとヒッポリアスが風呂を出てついていく。

余程《よほど》飲みたかったらしい。

フィオと子魔狼たち、ヒッポリアスと入れ替わる形で、イジェとケリーが来た。

「テオ、ヴィクトル、酒だ。呑《の》むといい」

そういって、ケリーはお盆にのせた酒を差し出してくれる。

「ですが、いざというときに酒を呑んでいては……」

「そのときはジゼラとアーリャがいるだろう。それにヴィクトルはそう簡単には酔わないだろう」

「それは、そうですね。テオさん、折角ですし、いただきますか」

ヴィクトルが嬉《うれ》しそうに言う。

ヴィクトルは誰《だれ》よりもお酒が好きなのだ。

「はい、テオさん、ヴィクトル。おツマミ」

「あ、これは鮭の卵か」

「そう。シャケのタマゴのセウユヅケ」

「ほほう」

俺は一口食べてみた。

「あ、うまい」

「どれどれ……美味しいですね！　酒に合います！」

「クチにアッタナラ、よかった」

そう言ってイジェは微笑んだ。

俺とヴィクトルは鮭の卵のセウユ漬けをつまみに酒を呑む。

イジェが去る際、ヤギの家に繋《つな》がる扉を開けたままにしてくれた。

涼しい風が入ってくる。

体は温かく、顔は涼しい。その差がたまらなく心地がよかった。

「……きっと冬に入るお風呂も気持ちいいでしょうね」

「そうだな」

「少しだけ、冬が楽しみになりました」

ヴィクトルはそう言ってお酒を呑んで、ぷはーっと息を吐いた。

書き下ろし短編

ヒッポリアスの日常

Hennaryu to moto yuusha party zatsuyougakari shintairiku de nonbiri slowlife

新大陸の夏が終わり、秋が深まり、広葉樹が葉が赤くなっていく。

そんなある日のこと。

「きゅお～きゅおきゅお」

ヒッポリアスは日課の見回りをしていた。

拠点の周りをゆっくりと歩いて、異変がないか観察して回るのだ。

そうやって、じっくり見て回ったあと、気分次第で周囲を走り回ったりもする。

ヒッポリアスはとても強いので、歩き回るだけで悪い奴は逃げていくとケリーが言っていた。

「きゅおきゅお」

みんなに頼られていることが、ヒッポリアスは嬉しかった。

「きゅお？」

今日は少し遠出をして、魔猪《まちょ》とか捕まえようかな？　そんなことも考える。

魔猪の肉はみんな大好きなのだ。

「きゅおきゅお～」

今日はどうしようか考えながら、鼻歌を歌いながらヒッポリアスはゆっくり歩く。

見回りをしてから拠点に戻ると、テオドールはいつも、

「お、ヒッポリアス、見回りしてくれたのか？　いつもありがとうな！」

と言って頭とか体とか口の中を撫《な》でてくれるのだ。

ケリーとかフィオ、イジェとかヴィクトルとかも撫でてくれるし、ジゼラは一緒に遊んでくれる。

シロ、クロ、ロロ、ルルはまだ赤ちゃんなので、ヒッポリアスがちゃんと面倒を見てあげないといけない。

ヒッポリアスは強くて頼られる、立派な竜なのだから。

そんなみんなが、ヒッポリアスは大好きだった。

「きゅうおっきゅう……お？」

のんびり散歩していたヒッポリアスは、自分を見つめる視線に気がついた。

その方向に目をやると、じーっと自分を見る子ヤギのミミがいた。

ミミは太い広葉樹の幹から顔を半分だけ出して、ヒッポリアスのことを見つめている。

「きゅぅお？」

ヒッポリアスが「一緒に散歩したいの？」と尋ねても、

「………」

ミミは何も言わないし、こちらに近づいても来ない。

だが、尻尾がぶんぶんと揺れて、すぐに止まる。

「きゅう〜お？」

「…………」

ヒッポリアスが声をかけると、また尻尾がぶんぶんと揺れて、止まる
「きゅお？」

「…………」

「きゅおきゅおきゅおきゅお～」

ヒッポリアスが声をかけるたび、勢いよくミミの短い尻尾が揺れるのだ。

何度か鳴いて、尻尾が勢いよく揺れるのを楽しんだあと、

「きゅうお～」

ヒッポリアスはミミに「一緒に散歩にいこ」と声をかけた。

すると、ミミはこれまでになく尻尾を勢いよく振って走ってくる。

「めぇぇめぇめぇ」

そして、ヒッポリアスの大きな前足に一生懸命頭突きする。

もちろん、ヒッポリアスは大きくて強いので、全く痛くない。

「きゅおきゅお」

ヒッポリアスは「じゃあ、いこっか」と歩き出した。

「めええめぇ」

ミミはドンドンと頭突きをして、少し走って、また頭突きをしにくる。

そう、つまりミミはヒッポリアスに楽しくじゃれているのだ。

るのである。

ヒッポリアスは強くて頼られる立派な竜なので、群れの赤ちゃんの面倒を見てあげることもでき

ヒッポリアスはミミに頭突きされながら、ゆっくり歩く。

「きゅおきゅお～」

「めえめえ！」

一緒に鳴きながら、しばらく歩く。

ボアボアの家のあるエリアから、テオドールの家があるエリアに戻っていく。

「わふわふ」『わう？』『ぁぅ」

するとクロ、ロロ、ルルの三頭の子魔狼《こまろう》たちがヒッポリアスとミミを見つけて駆けてくる。

三頭とも「あそぼあそぼ」『あそぶ？』『あそぼ」と言って、遊ぶ気満々なようだ。

今はいないシロを含めた子魔狼たちはテオドールとヒッポリアスが新大陸で最初にであった魔獣

なのだ。

ヒッポリアスも子魔狼たちとは大の仲良しである。

「きゅお～」

ヒッポリアスは「あそびじゃないよ！　みまわりしてるの！」と言ってみたが、

「わふわふわふ」『わふわふ？』『ぁぅぁぅ」

子魔狼たちは「ぼくもぼくも！」『みまわりする？』『てつだう」と手伝ってくれる気満々なようだ。

「めええめえええめえ！」

そんな子魔狼たちに、ミミは尻尾を勢いよく振って、頭突きしに行く。

「わふわふ」「めえええええ」「わぅ」「めえ」「ぁぅ」「めぇぇぇ」

たちまち四頭がごちゃごちゃになって、遊び始めた。

「……きゅ……きゅう……きゅぅぉ～～」

それを見たヒッポリアスは、少し我慢しようとした。

だけど、無理だった。なぜなら、とても楽しそうだったから。

一気に小さくなると、ミミと子魔狼たちに混ざりにいく。

「きゅおきゅお！」「めぇえ～」「わふわふ「わぅ！」「ぁぁぅ！」

小さな体だと、ミミの頭突きは結構な威力だった。

ヒッポリアスもゴロゴロ転がる。それがすごく楽しかった。

「わふわふ！」

クロもミミの頭突きが気に入ったらしく「もっかいやって！」とねだっている。

「めぇえ！」「わふわふわふ！」「めえ！」「わふ？」「めえめえ」「ぁぅぁぁぅ」「きゅお～」「めえ！」

子魔狼たちとヒッポリアスはミミに吹っ飛ばされて楽しく遊んだ。


どれだけの時間、そうしていただろうか。

楽しい遊びの時間は、あっという間に過ぎ去るものだ。

「……わふわふ」「……わう？」「……ぁぁぅ」

子魔狼たちは、急に眠くなったようで、うつらうつらしはじめた。

体力の限界まで遊んだ結果、眠くなってしまったらしい。

「きゅお？」

ヒッポリアスはミミに「眠くないの？」と尋ねるが、

「めえ！」

ミミは「眠くない！」と尻尾を振る。

どうやら、ミミは体力があるらしい。

いや、もしかしたら、子魔狼たちはヒッポリアスに出会う前から相当激しく遊んでいたのかもしれない。

ヒッポリアスが大きな体に戻って、子魔狼たちをベロベロなめてあげていると、

「わふ」

子魔狼たちの保護者であるシロがやってきた。

「わぁぅ」

そしてヒッポリアスとミミに「ありがと、ここはまかせて。見回りに戻っていいよ」と言ってくれた。

「めえ！」

ミミは「みまわり！」といって、ヒッポリアスを見て尻尾を揺らす。

どうやら、ミミは見回りをしたいらしい。

「きゅお～」

ヒッポリアスは「じゃあいこっか」と言って歩き出した。


「めええ～」

少し歩くと、ミミはヒッポリアスの尻尾から背中へ駆けあがった。

そして、背中の上でリズミカルに足踏みする。

「きゅお～」

ヒッポリアスも楽しくなって、リズミカルに歩いて行った。

「ぴぎ？」「ぴぎぴぎ～」「ぴぎぃ～」

すると、スライムたちが遊んでいるところに出くわした。

二十匹ほどのスライムが、少し広い草むらで転がっている。

「めえ！」

ミミが警戒してヒッポリアスの背中の上で身構えた。

「きゅおきゅお」

ヒッポリアスは「大丈夫だよ」と言いながら、スライムたちに近づいていく。

スライムたちは、いつもテオドールやヒッポリアスと一緒にいるピイの臣下たちである。

ピイはああ見えて、スライムたちの王なのだ。

「ぴぎぴっぎ」「ぴぎ〜」

スライムたちはヒッポリアスとミミを見て駆け寄ってくる。

口々に「何してるの？　遊ぶ？」と言っている。

「きゅお〜」

ヒッポリアスは「見回りしてるの。すらいむたちは？」と尋ねる。

「ぴぎ〜」「ぴぎぴぎ！」「ぴぃ〜ぎぃ〜」

スライムたちは一斉にバラバラに返事をする。

「転がってるの！」という者もいれば「ひなたぼっこ！」という者もいるし「我はなにをしているのだろうか。……今は考えている。だが果たして考えているとはなんだろうか」みたいな訳のわからないことを言う者までいた。

「きゅう〜お〜」

ヒッポリアスは「そうなんだ、すごいね」と言っておいた。

それから、ヒッポリアスとミミはスライム達と一緒に遊んだ。

ミミはスライム達に得意な頭突きをして、スライム達は大喜びで転がった。

それから、ミミとスライムたちは、大きなヒッポリアスによじ登って尻尾を滑り台にして遊び始めた。

「きゅきゅお〜」

ヒッポリアスも背中から尻尾にかけて、ミミやスライム達が滑り落ちる感覚が楽しかった。

しばらく遊んでいるとミミが眠そうにし始めた。

「きゅお～?」

「……めぇ」

ヒッポリアスが「もどろっか」といっても、ミミは「まだあそぶ」という。

だが、どうみてもミミは今にも眠そうだ。

ヒッポリアスは拠点へと戻ることにした。

ヒッポリアスは強くて立派な竜なので、眠そうな子供の面倒もみることができるのだ。

「きゅお～?」「…………め」

だが、ミミはもう半分眠っている。

ヒッポリアスは咥えて戻ろうか、背中に乗せて戻ろうか、真剣に悩んだ。

ヒッポリアスが困っていると、

「ぴぎ?」

スライムたちの王であるピイがやってきた。

「きゅお～」

ピイに「どうしたの?」と尋ねられたので、ヒッポリアスは「ねむくなっちゃったみたい」と答えた。

「ぴぎ～」

ピイは「まかせて」というと、そのふわふわな体で、ミミの体を持ち上げると、移動を始める。

「きゅお～～」

ヒッポリアスは臣下スライムたちに「またね」といってピイの後ろをついていく。

ピイは、テオドールがヒッポリアスの次にテイムした魔物である。

子魔狼たちの方が先に出会っているが、テイムしたのはピイが先なのだ。

「ぴぎ～～」

ピイは「子供達と遊んでくれてありがとう。さすがは立派な竜」と言ってくれた。

「きゅお、きゅお～～」

ヒッポリアスはほめられるのが大好きなので、とても嬉しかった。


ピイとその上に乗ったミミと一緒に拠点に戻ると、テオドールが迎えてくれた。

「おかえりヒッポリアス。今日は子守してくれてたんだって？」

『ひっぽりあす、いいこ？』

「えらいよ。いいこだね。いつもありがとうな」

「きゅお～～」

ヒッポリアスは嬉しくなってテオドールに体を押しつける。

そんなヒッポリアスをテオドールは優しく撫でてくれた。

『あそぼあそぼ』「ぁぅ」『あそぶ？』

寝て起きたのか、子魔狼たちもやってきて、テオドールにじゃれつきに行く。

そのとき、ふわっと雪のようななにかが、周囲を舞った。

「雪？」

「テオ、違うぞ。雪虫だ」

いつの間にかやってきていたケリーがそんなことを言う。

「雪虫？」

「遠目に見ると雪みたいにみえる虫だ。雪虫が飛ぶと、近いうちに雪が降ると言われている」

「ほほう」

「まあ、新大陸の雪虫の生態はわからんがな」

『ゆきだ！』「ぁぅ」『ゆきじゃない』「めえ？　めえ！」

テオドールとケリーが話している間、
子魔狼たちとミミは雪虫を見てはしゃいでいた。

『ておどーる、さむくなる？』

「そうだね。でも、準備してあるから大丈夫だよ」

『そっかー。ておどーる、いっしょにくっついてねようね？』

「そうだな。冬は寒いもんな」

「きゅお！」

寒いのは大変だが、テオドールと一緒にくっついて眠るのは楽しみだとヒッポリアスは思った。

あとがき

はじめましての方は、はじめまして。

他の作品や、五巻から読んでいただいている方、いつもありがとうございます。

作者のえぞぎんぎつねです。


少し期間があいてしまいましたが、無事六巻を出すことができました。

ここまで続けられたのはすべて、読者の皆様のおかげです。本当にありがとうございます。


六巻では冬ごもりの準備をしています。

これを書いているのは十一月なのですが、どんどん寒くなっていくのを感じています。


私は北海道育ちということもあり、冬というのは辛く長いものというイメージを持っています。

だからこそ北国の短い夏が好きだったりもするのです。

子供の頃から、アイスランドとかグリーンランド、シベリアの夏というものに憧れがあるんですよね。

短い夏の間に一気に芽吹く植物や、生まれて育つ動物の子供たち。

長くて暗くモノトーンな耐える冬と打って変わって、短くて緑で明るい生命力が凝縮されているような、そんなイメージです。

住むのは大変だと思うのですが、夏に旅行してみたいという思いはずっとあります。

もしかしたら、この作品もそんな北国の短い夏のお話だったのかも知れません。


さてさて、話は変わりまして。先月の二〇二三年十二月に「ちっちゃい使徒とでっかい犬はのんびり異世界を旅します」という新シリーズが出ました。不幸にも亡くなった少年と愛犬が、一緒に異世界に転生して幸せに暮らすお話しです。

また、今月二〇二四年一月には「転生幼女は前世で助けた精霊たちに懐かれる」の二巻が発売となります。

不幸にもなくなった少女が、数百年後に転生して元気に活躍して幸せに頑張るお話しです。

どうかよろしくお願いいたします。


最後になりましたが謝辞《しゃじ》を。

イラストレーターの三登《みと》いつき先生。

今回も本当に素晴らしいイラストをありがとうございます。

ヒッポリアスは相変わらず可愛《かわい》いし、テオやケリーも素晴らしいです。
このシリーズは三登先生のイラストがあってのものだったと思います。
本当に、本当にありがとうございます。

担当編集さまをはじめ編集部の皆様、営業部等の皆様、ありがとうございます。
本を販売してくれている書店の皆様もありがとうございます。
小説仲間の皆様、同期の方々。ありがとうございます。

そして、なにより読者の皆様。ありがとうございます。

令和六年一月

えぞぎんぎつね

GAノベル

変な竜と元勇者パーティー雑用係、新大陸でのんびりスローライフ 6

2024年1月31日　初版第一刷発行

著者　えぞぎんぎつね

発行人　小川 淳

発行所　SBクリエイティブ株式会社
〒105-0001　東京都港区虎ノ門2-2-1
住友不動産虎ノ門タワー
03-5549-1201　03-5549-1167（編集）

装丁　AFTERGLOW

印刷・製本　中央精版印刷株式会社

ISBN978-4-8156-1898-8
Printed in Japan

ファンレター、作品のご感想をお待ちしております。

〒105-0001　東京都港区虎ノ門2-2-1
住友不動産虎ノ門タワー
SBクリエイティブ株式会社
GA文庫編集部 気付

「えぞぎんぎつね先生」係
「三登いつき先生」係

本書に関するご意見・ご感想は
下のQRコードよりお寄せください。
※アクセスの際に発生する通信費等はご負担ください。

https://ga.sbcr.jp/

ここは俺に任せて先に行けと言ってから10年がたったら伝説になっていた。

著：えぞぎんぎつね　画：DeeCHA

GA ノベル

最強魔導士ラックたちのパーティーは、激戦の末、魔神王を次元の向こうに追い返すことに成功した。――だが、魔神の残党たちの追撃は止まない。

「ここは俺に任せて先に行け!!」

ラックは、仲間二人を先に帰し、一人残って戦い抜くことを決意する。ひたすら戦い続け、ついには再臨した魔神王まで倒したラック。帰還した彼を待っていたのは、いつの間にか10年の歳月が過ぎた世界だった。仲間二人と再会したラックは、今度こそ平和で穏やかな人生を歩もうとするが――⁉

10年の時を経て元の世界に帰ってきた元・勇者パーティーの最強魔導士ラックが、時にのんびり、時に無双してにぎやかな毎日を過ごす大人気ストーリー、開幕!!